亲爱的你

丁丁张 —— 作品

爱和不爱,

都让人真相毕露。

自序

三月的时候，以为四月的日子会更好，到四月，发现可能更加艰难，时间或年龄都如此。我那天大发感慨，和好友击掌。那时京都的樱花正好，金阁寺游人如织，众多人许愿祈福。我们几个旧地重游，想起年轻又狼狈的日子，我说出这样的话，后来大家都沉默无语，在大好春光里得以窥见人生的些许真相，算是一种特殊的获得。

今年春天来得晚，寒意拉扯着不走，后来，我在家里闭关数日，继续整理自己的第一个电影剧本，紧张得像个复读的高考生；剧中人似乎也能感受到我的紧张，变得说话行动目的不再明确，我每每走投无路时，就自己和自己对话，就问：这样写好吗？

可惜，没有谁能给我答案。

但我内心知道答案，这将是我未来面对的长路，我的创作生活和我必须克服的痛苦。

真正变成一个文字工作者，身份标签上被打上了编剧和作家，对待写作的态度有变化吗？那日有个记者问我。我说没有，我只是渐渐明白文字之于我的意义，更笃信没有所谓的神来之笔，伏案工作是一切可能性的开始。

和朋友们约好了去京都玩，行程定得很早，后来开始有人脱团，有工作的关系，有个人的关系，我在这个早上跟朋友打退堂鼓，他们鼓励说，你要出去看看天地。

外边，春光明媚，樱花被大风追绞，依然绚烂不败，我矫情地说，哎呀，像极了我们。回到北京数日，就忘了樱花的娇媚。这些天偶尔下雨，路上难行极了，有时候你别扭地看世界，觉得处处事事都与你为敌，路况也变得丑陋和蛮不讲理。可往往也正是这些，提供给你温柔的片刻，那些灯火昏黄的街角，那些毫不知情但在你视野里的普通人，其实都是你可能感受真实和热爱的部分。

我想起当年很多我痛苦的时段，工作上的、感情上的予取予求，现在都难觅踪迹，像未曾发生一样。但我知道它们都随着时间，融入我身体的血脉记忆当中，变成此生中不可或缺的一部分。快乐的时光可能也是。

没有白喝的酒，没有白走的路，没有白白遇见的人，即便他们留给我们伤痛、遗憾，或者让我们窥见自己人性的幽暗，性格中的弱点，处理问题上的粗暴和不堪。

文字是一个深入自我的过程，编剧更是要拿出很多个自我比对，再做一个终极选择，这件事，幸福又残忍。

这本书采集了很多人痛苦的部分，有的源自粗粝的原生家庭，有的源自爱而不得，有的源于自我的不实现，通过采访一一得来。

它们并不完全明亮，但不影响它们就这么存在着。我听的时候，不做记录，因为我相信，那些最震撼我的部分，会自己留下，到写下来的时候，我不再追求确切，确切不是它的唯一依据，重要的是发生了什么，对主人公产生了什么影响，像我们历经过的那些记忆一样。

若干年后，云淡风轻，它们也只是发生的故事罢了。

文字风格，有些变化，可能很多老读者会觉得这不是我，但这也算每两年一次的，我的全新迭代——我没有讲道理，没有鲜明观点，只是依旧痛恨排比句。

我尽量把故事讲明白，希望文字节奏上有呼吸感，它像一组实验作品，鲜活且历历在目，以断章的形式存在，它在记录你的某些时刻——某个你等待重要的人的时刻，你的细胞、毛孔都朝着同一个方向，那种发自内心的时刻，雀跃和震颤的，甚至有时是血淋淋的,但你必须去面对的羞耻感。

而关于一个个的她,我求你不要追问,她不是具体的谁,故事也不完全来自具体的某个人,但我可以明确的是,我一一陪伴过她们,听她们拉拉杂杂把故事讲给我听,好的是,她们大部分时候举重若轻,没有流泪。

感谢她们,把自己私下里的想念,痛苦,折磨,心碎,热爱,欢愉,那么多复杂的情绪,讲给我这样一个陌生人。

到这本书为止,我完全可以确定的是,我是个幸运的人,具备倾听人的能力,也具备把所见所得记录下来的体力,如果这些文字可以感动你,那就是幸运至极了。

每本书,都像给自己的局限性找到天顶,每本书的序言,又像在给所有的读者做年度汇报。我们都在慢慢地产生变化,生命的厚度让我们逐渐相信,人生有很多种打开方式,我们这一刻重视的爱和离别,在下一刻会变得不大相同。

回想起来,从《人生需要揭穿》到《世界与你无关》,再到小说《永无止尽的约会》和《只在此刻的拥抱》,写字伴着你我成长,窥见人生部分真相,也参透些许世态人心,见世界的过程中,唠唠叨叨说过的话,想过的故事,有这些可以做证,总是好的。

定名新书为《亲爱的你》,致谢那些我们仓促走过不舍离别的岁月,将细微心事托付于我的女孩。

所以，愿你有耐心，认真走下去。看看未来的我们，如何面对此刻的悲伤。这是我想象到的人生给我们最好的事。

希望你快乐，不管发生着什么，依然爱这个世界，也因为爱，时刻惴惴不安。

丁丁张

四月于北京

目录

CONTENTS

001 **时针**   SHI ZHEN

所有的知情达意，都是彼此的尽力而为啊。

015 **前妻**   QIAN QI

年轻之所以被看透，就是因为沉不住气。

029 **美待**   MEI DAI

不是所有的故事，都要有个明确结局。

043 **青衣**   QING YI

成长就是不纠缠，对方让你走，你赶紧走。

059 **多金**   DUO JIN

本质上女人得靠自己，靠自己久了，就会有更好更厉害的人爱你。

075 **心火**   XIN HUO

她受够了被人选择，更加受够了还被找到一些不被选择的理由。

目录

CONTENTS

091 **知男**   ZHI NAN

少女时代就是这样的,发现时已经不在,挽留时已经来不及辞行。

105 **有容**   YOU RONG

人世间大部分可见的骄傲,竟然都是带着点自卑的。

119 **三五**   SAN WU

世人对独身女人有一种恶意,要么认为她们无人亲近性格乖张孤僻,要么又觉得她们日子过得放荡。

133 **多美子**   DUO MEI ZI

看着熟悉的家,有一种终于要离开的畅快,可也有一种前路茫茫的不知所措。

147 **短短**   DUAN DUAN

爱你的人,对你了如指掌;不爱你的人,对你过目就忘。

161 **Why**

不爱了就是不爱了,像柴被烧尽了,感情不可逆,你抓着攥着只会让人更讨厌你。

目录 —— CONTENTS

173　虎娜　　　　　　　　　　　HU NA

这小小人生，哪有什么输赢。

185　火舞　　　　　　　　　　　HUO WU

生死大事发生时是来不及哭的，重要的事情也无法排序。

197　三生　　　　　　　　　　　SAN SHENG

人最痛苦的是，你无法选择自己爱的人。

209　面包　　　　　　　　　　　MIAN BAO

自己再怎么爱自己，也不是被爱。

223　十八　　　　　　　　　　　SHI BA

不要因为别人对你好就跟别人谈恋爱，你要因为喜欢对方而跟他谈恋爱。

237　莲花　　　　　　　　　　　LIAN HUA

爱，让人没有恐惧，不怕苦。

01

SHI ZHEN

时 针

所有的知情达意，都是彼此的尽力而为啊。

时针过了海关，觉得把美国的一切都放下了。

说放下也不准确，放下？说得跟拥有过什么似的。

时针生于一九九四年，在美国没有房产，没有爱人，没有事业，所以，有的大概只是一些记忆罢了。

但记忆多不牢靠啊。

高中时她去美国，考大学，大学四年，再考研，像做了一场梦。洛杉矶的朋友，天空，云朵，那个小别墅，都像上辈子的事情，随着飞机落地时候的那个颠簸，变轻变浅了。

剩下的，就是自己的中文不大利索，有些词句需要想一想，脸上素净，有ABC（出生于美国的华裔）的气息，说话手势比较多，大笑的时候很不计较口型，但这也很难避免，因为人慢慢会变成自己向往的人，即便他们并不自知。现在的时针，呈现着当年她想成为的怎样的自己，至少在外表上，她算得偿所愿了。

但内心里，她知道自己的弱点，像当年离开中国时哭天抢地，爱一个人时就没有了自我，依然是她的软肋。

现在，她爱上一个人，决定回到国内，研究生已经考过了，最终放弃了。国内的男人问起，就说自己发挥失常，没考上。

男人负罪感少了一点，再听说她要回来，还是有点害怕的，但还是说好吧。

"好吧"说得很轻，像……"反正不是我让你回来的"这样的感觉，时针没有找他核对，但感觉什么的，有什么可核对的？万一感觉是对的，万一核对对了，人生就尴尬了。

人其实最经不住核对了，这是很早之前时针就明白的道理。尤其是人和人远隔万里，但人和人一直都远隔万里，不管肉身距离多近。

所有的知情达意，都是彼此的尽力而为啊。

时针笑，我也不是为了你回来，你不用那么大压力。你看，你在深圳，我回北京。跟你有什么关系？

对方就在电话那端说，声音冷静又美好："世界真大啊，你飞十三个小时，我们俩还是异地恋。"

说"爱上"也不准确，因为还没有见过面。在 Ins（照片墙）

上互相关注了，然后交换了微信，开始天天说话，男人有时候冷淡，有时候话很多，但两个人又像真的在谈恋爱了，包括现在讨论起异地恋。

洛杉矶的最后一夜，是聊着电话睡着的，醒来的时候手机没电了，不知道几点，直接去机场了，这是时针为数不多不依靠真实的时针秒针的情况。

对面有什么在等她，她并不知道。

时针在二十四岁这一年，做了很多勇敢的事，把生来所有的胆子都用光了。

考研成功了选择不上，辞掉了事务所的工作，转租了在美国的房子，买了夏天返回北京的机票，先住了五天酒店，在暴雨里找了三天房子，最后住在北京三里屯北边的一个小区的十八楼。

一气呵成。

太金牛了，却连父母也没说。目前，所有的通信联系里，还说自己在洛杉矶。

下了飞机坐小火车去提行李的时候，时针带上了自己的无线耳机，让音乐灌进耳朵，北京的热风从机场外吹进来，时针这个时候觉得自己是个秘密特工。

好酷啊。

她的金牛座人生，本来是分分秒秒走在表盘里的，有计划的，步步为营的。此刻，感觉自己就像脱离表盘的时针一般，咔的一下，掉出了表盘。

时针掉出表盘之后，还有什么其他用处吗？暂时先不管了。

在北京跟母亲打电话，透着一股兴奋劲儿，电话接通前，看了美国时间，以便言语更加逼真，时针没有什么理由让母亲操心，她目标明确，从不迟到，经常拿奖学金，生活井井有条。

时针从来没说过，这井井有条让她厌倦。

平稳运转了二十多年，时针第一次感到真的自由，比自己生活在美国还自由的自由，没有目的，没有来处，没有去处。

北京三里屯北边的小区里，住着太多不知来处不知去处的人。

其实全北京都是。

谁管你。

电梯里的几个女孩子，穿着好看的、时髦的、刚刚被买手们转运进来的潮牌，oversize 的 T 恤，短至看不见的短裤，怪怪的底盘宽大的鞋子，像明目张胆地坦诚丑到底，倒也没人敢说它不漂亮了。

此时是夏天的六点，算正经傍晚。她们刚刚起床，脸上还带着昨天晚上的酒气，脸色像要沉下去的太阳，带着点疲惫和无精打采，只待下一杯酒唤醒。

时针看起来是她们中的一个，职业难辨，生活不规律也不需要规律。金牛座的时针觉得委屈，自己只是没有倒过来时差而已。但和她们一起下楼吃饭的时间，撞上了，感觉像是一伙人。

时针在电梯里往里站了站，觉得要跟香气扑鼻的她们划清界限。被划清界限的那个，正举起手机自拍，三倍美白早已看不出脸色，把脸啊脖子啊打成了一块皂，又在无形中修饰了脸型，显得眼睛黑又大，时针这才注意到，拍照的女孩鼻子高得侧面看起来像匹诺曹。正面拍起来，倒真是看不出来。

觉得她可能一直不敢说真话，时针被自己内心的冷笑话逗笑了。

电梯终于到了一楼，时针快速走出电梯，觉得要被香气熏得窒息了，再打量自己，朴素得不像话，黑色的T恤，牛仔裤，白球鞋，长发披肩，包还是帆布的。

男人来了，站在大堂里温和地笑，夕阳给他打了侧逆光，勾勒出他的线条，衬衫放开了三粒扣，露出胸口，是左侧胸大肌的边缘，手臂要爆出袖子了，穿很紧的牛仔裤，显得腿很长，是，就是这样的一个男人，看起来像韩剧里的那种。

他被所有下电梯的整容娃娃侧目，唯独把自己的目光留给了时针，以至于她们带着香气回转过来看她，她正张开双臂。

时针走过去，被他揽了一下，此时正是八月，天气那么热，他身上，没有香水味，出了一些汗，额头上也是细密的汗珠。

他低下头吻了她的额头，说，你终于回来了。

他们像久别重逢，可明明是第一次见面，这么一个活生生的，带着热气的还有他自己身体味道的人。

紧绷绷的手臂，正环在她的身后。

时针想起另一个硬邦邦的手臂，在洛杉矶艳阳下边，试着抱住她，她躲闪了下，说，我有个男朋友。

怎么没有听你提起过？

对方是个白人，被拒绝了，依然笑得很真切。

时针咬着嘴唇，说，如果你愿意，我倒是可以，把我的第一次给你。

白人惊愕了。

时针说，我要回中国了。

白人到了晚上，开车来接她。

时针脸上火辣辣的，后来喝了一杯酒，觉得更火辣辣的了。

在一个小的汽车旅馆里，桌子和床，都是蓝色的，那种度假酒店的蓝。

床单上有消毒水的味道，她洗完了澡，躺在床上，用白床单盖住自己，连头一起。她裸身拿着手机，给国内的他说，我要去游泳了，一会儿再说。

白人坚定稳妥有经验，竟然也有柔情。

他后来说，他一直很喜欢她。

然后问，你为什么这个时候找我？

时针说，我回国有事情要办。

白人没有办法吻她，她能感受到他的鼻息，在耳际，脖颈处，刺得她发痒，最后他抓紧她的头发，像把玩一个可以轻易拿起的洋娃娃。

她挺开心的，如释重负。

她后来说，谢谢你。

白人说，要不要一起吃个晚饭。

她说，你送我回去吧。我要回去收拾箱子了。

现在，她站在自己男朋友住的酒店里，被他用力抱紧了，说时针啊，我很想你。

他们一分钟都没有耽搁，直接回了男朋友住的酒店。

她把脸侧过去，尽可能靠近他的肩膀，闻他身上的味道，那味道清晰又明确，像极了她认为的那种味道，中国人的味道，没有香水作祟，也不用香水打掩护。

时针不像是第二次做爱的人，她觉得，自己要掌握主动权。

晚上没有吃饭，肚子饿得咕咕叫。

金牛座克制，其实是不喜欢吃夜宵的，但为了爱人，可以。这么说起来，为了爱人，还有更多的可以。

这天，时针大张旗鼓地要去，拉着男朋友。

男朋友和她吃火锅，手里握着她的手。他们像所有热恋的情侣一样，目中无人。

早上醒来的时候，时针定睛看他，男人好怪，站着和躺着不一样，睡着和醒着不一样。此刻的他，跟俊朗毫无关系，像五官全都丢盔弃甲了，脸皱巴巴的像个婴儿，眼睛变成细细的两条线，他的呼吸缓慢又深邃，大腿露在被子外边，强壮结实。

她用手，摸他的脖子，被他注意到了，攥住她的手，喃喃地说："我爱你。"

她笑出了声。

她觉得我爱你真的很好用，当成逗号用、当成句号用、当成省略号用，也可以当成时针用、当成分针用、当成秒针用。热恋的人中间，是可以不说别的话的。

她起身洗漱，湿着头发，打电话叫了早餐。

等服务生把一切送来，看他裹着浴袍起床，眼睛鼻子嘴巴恢复到正常的样子。

他吃着水果问："今天想干什么？"

时针歪着脑袋想，干什么呢？

他坏笑了，说："什么都不干。"又把她揽在了怀里。

酒店算是订得值了，一点都没有浪费，浴巾要了六条，因为老需要去洗澡，后来干脆不洗澡了。

热恋是什么样子？大概就是这样子。

没有别人，没有世界，没有时间。

男的说，你开心吗？为什么突然要回来了。

时针说，开心啊，想回来就回来了，这可不像我，但这可能也是我。

男的说，你会不会后悔啊？

时针说，会吧。

窗外有朵巨大的云，像巨大轮船驶过北京的天际线。时针那个时候有种幻觉，觉得自己和男人化作了海里的贝类什么的，靠着彼此呼吸，以对方的身体为食，有种痛感，无法避免。

没有人说她是对的，她也不用跟任何人确认她是对的，错的，都无所谓了。

第三天，男人叫了两个老朋友来。时针明白，一个人无法一直面对一个人的时候，就会叫其他人。

时针没谈过恋爱，对人倒是有把握。那两个老朋友上下打量她，和她碰杯，喝的是红酒，在三里屯酒店楼下的酒吧里，灯光很暗。

男朋友依旧是英挺的，走进酒吧，能把仅有的光线都吸到自己身上来，连同旁边吧桌上的女人，那四个，像闺密，眼神都不老实，男朋友一进来，四人就像被风吹歪的树，枝头全倒向男人的方向，且靠边的那一位，越坐越近。

男人习惯了这种优待，送来的果盘，都比旁边吧桌上的大一圈，店长也过来提醒他，说，今天空调有点不大好，会不会有点热。

时针挺直了腰肢，好吧，且听听这些无用的屁话，被召唤来的两位负责对她好奇，聊些美国的事之类的。

　　男朋友则负责喝酒，到第五瓶的时候，大家都有些晕晕的。

　　那你是不是故意说自己没有考上研究生？年纪略大一点的朋友突然问她，摇晃着酒杯。

　　时针在那一刻有一丝的慌乱。

　　本来想摇头的，最后还是点了头。

　　男朋友听到震了一下，抬头看她说，你不是没考上吗？

　　年纪略大一点的朋友就狂笑，看起来是个情场高手吧，说，这你也信。

　　他们交替着去阳台上抽烟，一次怎么也不回来，时针不放心，到阳台上去看他们。

　　门推开的时候热气就席卷而来，她听见男朋友问另外的一个朋友说："那她现在过得怎样？"

　　喝了酒的人，是不知道自己声音大的。

　　时针觉得中国话就是这样的，都是他，是 he 还是 she，傻傻分不清楚。

　　看时针进来，男朋友的肩膀搂住她，看着楼下的人群，说，我都不知道，你到底是来真的还是来假的。

　　时针之前就觉得他不确定，现在，这个不确定，终于得到了一个具体表现。

只好说，你来真的我就来真的，你来假的……

男朋友接话说，我也来假的。

时针顺了他的心意，但她明明心里想说的是：我也来真的。

之后四个人继续喝酒，说的大概也都是醉话，时针心里的表一直在默默地走，觉得时间真是留不住。

到了一点钟，终于要散了，男朋友说了一句话，时针酒醒了五分。

他说，我送你回家吧。

时针说，送什么送，我回酒店，拿下我的皮筋，自己回去就是了。

回去的路，时针是走回去的，皮筋系在她的左手腕，每想到为什么对方不留她再过一夜时，就抻起皮筋，弹自己一下。

洗澡的时候，看到左手腕很红，出来擦身子，水珠滑落在右胸上，有个鲜艳的吻痕，历历在目。

男朋友次日回了深圳，时针说，我要去上班，不能送你。

男朋友如释重负说，好啊好啊，我自己走就好了。爱你。

时针无班可上，但是时差终于倒过来了。

中午之前醒来，喝了一杯浓浓的黑咖啡，对着外边发呆，那艘巨大的云已经行驶到天的尽头，日子突然就百无聊赖了。

时针擦了地，推开房间的窗，外边是知了的聒噪，夏天的自然声，带着热气。时针穿着小短裤，打开电脑投简历，决定找个工作。

每天,和男朋友发着微信,天气一天天变得更热,知了不停地乱叫,让人心烦意乱,太阳很大,照在身上觉得整个人都要化掉了。

周末的时候,时针说,我去深圳一趟吧。

男人过了半晌才回,说,好啊。

深圳更热一些,树的阴影也不能给人提供任何庇护,站在广场上,没有凉风。

时针拉着自己的小箱子,等着男朋友来接自己。心里很想念北京的自己的小天地,空调房,她养了几条鱼,缸里布满了苔藓,做了新的景观,自己忘了走的时候,是不是放了加氧棒,鱼会不会被热死?

男朋友来了,她上车说,去哪里啊。

男朋友说,订了酒店啊。

为什么要住酒店?

男朋友说,酒店多好啊。不热。

这一晚他们俩有点陌生,时针心里老惦记着,自己的鱼到底怎样,是不是还活着。

第二天早上,她醒过来,呆呆地看着男人,看了一会儿,订了回程的机票。

有人说:早啊,想你了。男人的手机响了下,她无意去看,但还是看见了,她看到男人的手机里,他跟人说这样的话。

她没有叫醒他,开始收箱子,洗好澡,坐在那里,吃水果。

男人醒来了,说,你怎么起得这么早啊?

她说,我得回北京了,我好担心我的鱼死了。

男人过来抱她,她肩头缩紧了,把脸埋在他的胸口,认真地闻了一下,她忽然说,你知道吗?

男人说,知道什么?

时针说,男人永远不知道,被一个女孩爱上之前,女孩到底做过哪些准备。

然后她双手抓住男人的肩膀,用自己小小的膝盖,冲着男人的裆下,来了那么一下。

男人哀号着趴倒在地上,五官散开了,不再英俊逼人。

时针说,不过我真的很谢谢你,让我回来了。

时针回到北京,到家,鱼还活着,她赶紧打开了冷气。

邮件里,收到了可以上班的通知。

明天真的要上班了,时针想,得认真工作了,新的开始。

她的时针,终于又回到了十二点的位置,咔嗒一声,向前挪动起来。

QIAN QI
前妻

年轻之所以被看透,就是因为沉不住气。

很多人背负身份标签却并不自知。

比如,前妻被唤作前妻,字眼不褒不贬的,却永远带着弃妇的味道。前夫则好一点,但被提及,好像也不大客气。

前妻特立独行,身高一米七,独居在上海徐汇的老公房里,走在路上一丝不苟。说起二〇〇八年的恋爱新婚,却像抖开库房里曾精美崭新的袍子,尘土飞扬。

她曾如这袍子般在阳光下散发出精致美好,但这袍子,其实是不存在的。

大学上的是上海交大,自己是高考状元。父母的骄傲,说起来,小囡从未让我们操心啊。两人眉梢眼角都是笑。

她心里不服气,怎么从小炫耀到大,这个梗总是用不完。

更小的时候，夸眉眼好看。母亲就吃吃地笑着说，那当然了，随我啊。再大点，就把她往难看里穿，告诫说，女孩子不要靠脸蛋，学习要努力抓紧了才是。

她眼睛五年级近视了，头发只能被母亲剪，跟男孩似的，脸被一近视镜盖住，学习成绩立刻上去了，再也没有人注意她的美。

初一开始长个子，到初三已经快到一米七了。站在一堆女孩子里，鹤立鸡群。但头发，还是母亲剪。

衣服嘛，必须穿校服。

别人一套，她三套，周末也得穿校服。

母亲说，美？那是大学毕业之后才该干的事。

她偷偷攒钱，买了条裙子。

暑假里，父母上班一关上家的房门，她就跳起来，换上裙子，全身都在发育，乳房又痒又涨，大腿在裙内，感受到钢琴凳的冰冷，再嗖地，凉意传遍全身。

母亲精明，在楼下听钢琴声断了，就折返回来，被抓了个现行。

年轻之所以被看透，就是因为沉不住气。

裙子被母亲拿起，剪刀也被拿起，然后裙子就被剪了。说，你自己，不知道什么重要，那我就告诉你。

她边哭边弹琴，说别剪我的裙子，我省了好久的钱才买的。

剪刀剪过布料的声音你听过吗？其实非常残忍，你能感受到那种切肤之痛，她说。

到高中三年，琴也不让弹了，说浪费时间，不当饭吃，会就行了，还是学习重要。

家里电话，但凡找她的，她拿起话筒，母亲就伸过耳朵来，贴着听，说对答案就对答案，对完答案赶紧挂电话，女孩子们说什么悄悄话？男孩对什么答案？让男孩找男孩对去。

她没有人说悄悄话，后来也没人跟她对答案了，头发还是那么短，背后看起来，弓着腰，把胸缩回去，尽可能地跟人打成一片，脖子就必须往前倾。

同学过生日，搞派对，唯独她不能去，坐在家里哭，妈妈说，我也不出去，你就别扭着，不吃饭就是因为不饿。

后来同学也就不叫她了。同学说，怕她妈跟着。

她终于成了高考理科状元，上了当年的报纸，写她母亲收到她的录取通知书——笑靥如花。

她说住校，母亲说，住什么校？

她说我可以走读，那给我买个电脑。

上网让她觉得，自己可以呼吸顺畅，透了气，但也得时时防着，母亲脚下没有响动，就突然站在后边，于是就在电脑旁放个镜子，看到人影，立刻切换成新闻网站。

第一次聊天，认识了北京的他。

北京的他，是反面的她。

我是一摊烂泥，他自己说的。

反面的他家里还有个姐姐，像她一样优秀，比他大一岁，生来就是他的天敌，似乎为了用来对照他，姐姐学习好，长得好，看样子像要长生不老，作用就是成为他的标杆，锦旗，永远无法追上的好孩子。

他就爱打羽毛球，后来按照体育特长生，跟头轱辘地上了人大附中。父母提起他，又爱又恨，主要是恨，你不争气啊，怎么一个娘胎里出来的，一年后生了你这个智障。

他叛逆，打架，别人笑他成绩不好，他就打过去，拳头比嘴快。

好学生太不禁打了，就联名把他告了，再也没人跟他同桌。

他就坐在最后一排看漫画书，《幽游白书》《灌篮高手》之类的，总觉得有一天自己会死，热血暴涨。

结果没死，还活到了高考。

他参加高考，堪称全学区最轻松的一个人，别人为不知道会什么焦虑，他为知道自己不会什么感到极其安全，结果考了个什么成绩呢？

他在北京的网络这端，笑着给她讲，一点都不害臊，说，校长打电话给他妈，非常愤怒，你这个儿子，考了我们建校以来的最低分。建校以来！

她在上海，他在北京。

两人偶尔打个电话，她听着他的声音，觉得京腔圆润，好听，想象着他胳膊孔武有力，肌肉在阳光下反射出光，那光让她心里痒痒的。

母亲要给她理发，她坚决不，说，从今天起，我再也不在家里理发了。

头发楂儿，太难打扫了。她说。

母亲一怒之下摔了梳子，梳子断了，以往她会惴惴不安，现在她说，断得好。

归根结底是哪里来的勇气，大概是他。

她比他大三岁，此时她已经大三了。

他，无业游民，高中毕业，跟他妈要了五万块钱，在学校门口开了个文印社，帮学生们复印卷子，看着卷子就想吐的他，印卷子成了职业，真是荒命运之大谬。

复印机烫手，卷子也烫手，可慢慢就习惯了。

他们昼夜聊天，直到有一天，他说了些想见对方的话。

他说这话之前，她说，我们这样下去，是没法收场的，我们再也不要联系了。

大家都在忙着毕业，她却天天看着手机。短信来往，回家就奔到电脑那里，那时候还是 QQ 呢，上线的时候发出咳嗽声。

她头像一亮，他的世界也就亮了。

他说，那我去上海找你。

晚上，他算了下账，果然，这一年，真是没有赚钱，当夜就把店盘出去了。

回家，把五万六千块给他妈，说，我不干了，我要去上海。

他妈点着钱，听着他说话，然后给他姐姐打了电话，再点一遍钱，让他就那么坐着。再点一遍，姐姐回来了。

姐姐清华大学没有白上，听了弟弟的申请，转身就去了厨房，拿着菜刀出来，用菜刀指着他，说，你这样的货，高中毕业，去上海干啥？

他说，我要跟一个人结婚，她大学毕业，我就跟她结婚。

姐姐一刀劈在了茶几上，她的气愤大于他妈。虽然她和他妈都明白，就在这个晚上，这个浑蛋弟弟和儿子，终于翅膀硬了，长大了。

认真端详他，发现他早已不是孩子了，胸脯变得厚实，肩膀也宽，鼻子坚挺，上唇上早已经不是茸毛，而是胡须了。

他就那么看着姐姐，也看着刀，脖子梗着，说，定了。就这么定了。

晚上开始收拾行李，她妈看硬的不行，就开始大肆地哭，哭了半宿，终于累了，说，你先别说结婚的事儿了，你可以去上海，但结婚，我们不同意。

他说，不同意就别同意。

你们十九年都不同意我了，也就别同意了。

她姐倒是没再说什么，咔嚓把他的身份证给剪了。

他说，那好，这样我就不用回来了。

次日，他坐火车，带着个大箱子，奔赴上海，奔赴她。

她早上起来，换上了裙子，化了妆，在母亲前边轻盈地走来走去，母亲说，你这是要干吗？

她说，我接个人。

谁？

我男朋友。

母亲高血压立刻犯了，说自己现在胸口闷的，恨不得要双手撕开，你把我的心肺肝脏都拿出来踩啊。

你们怎么认识的？

网上认识的。

哪里人？

北京人。无业，高中毕业。

母亲把电脑推倒在地，从来不登场的父亲，这个时候，也攥紧了拳头，他说你今天不可能出这个门。

她说，不让我出，我就跳出去。

现在想想，被唤作前妻的她，觉得自己怎么那么烈，以及，两个人的家庭怎么都那么像封建家庭？

她最终没有跳，电脑坏了就坏了，反正这个家，也不想回了。

她比他大三岁，就成熟些，但见了面，还是在站台就抱着哭了一阵，他竟然比她矮一些，嘴唇哆嗦着，手也有些抖。

她说，我帮你租了个房子，我们过去吧。

一张小的单人床，就这样住下了。

他说我要找工作，一找就是一个半月，高中毕业生，上海不比北京大，可怎么显得没有边际，他觉得除了爱她，别的都是茫然。

她放学回家，他们在小床上做爱，床铺吱呀作响。他觉得，这样的日子，也是好的。她第一次给了他，基本上不大会，羞涩，甚至觉得有些羞耻。

她对性的喜欢，小于对自由的喜欢，没有母亲的叮梢，父亲的语重心长，她看他睡着，鼻梁挺直，鼻息清晰，手指滑过他的肩膀，被他察觉到了一把攥住。

就这样攥着吧，攥紧了，不分开。

大学毕业一年后，和父母失联一年后，她带他回家，当日是她父亲的生日，买了蛋糕，带了酒，没有因为别的惴惴不安，就是觉得很长时间没见了，那种面试般的惴惴不安。

父母坐在那里，上下打量他，他终于有了工作，说自己报了成人高考，正在学做平面设计。

她在旁边坐着，脸上带着笑，这个笑让父母觉得她非常陌生，那种妻子般的成熟女人的笑容。

一年了,她头发留长了,戴上隐形眼镜,坚持做瑜伽纠正了体态,女儿出落成了一个美人,笑里带着一种温润。

她说,我信他会很好的,爸妈你们放心,他不好,我也绝不后悔。我可以为自己选择一次,就是很好的进步。

父亲没有吃蛋糕,没有喝酒,坐在那里喝茶,然后就掉了眼泪,说,你这孩子,从来不让我们担心着急,原来,你在这里等着我们呢。

她差点就掉了眼泪,但还是拉着他的手说,爸……

她再回头,眼泪就掉下来了:"妈,你们就让我跟他结婚吧。"

婚礼开了八桌。

北京方面一个人都没有来。

两人回北京的时候,她没有刻意打扮,甚至戴上了近视眼镜,姐姐不说话,坐在对面上下看她,跟他说,你真是挑了个好女孩,如果你能保证对她好,那你就结,我去给你们拿户口本,但你,真的伤了爸妈的心。

被伤了的爸妈,没有露面。

他的父母,更固执倔强一些。

两人回到上海,住进了父母的另一套老公房里,夏天特别热,还没有来得及装空调,他抱着她,说,我会一直爱你。

她说,我们克服了太多困难了,怎么谈个恋爱这么难啊。

那一夜,他们为终于有了喘息之地喜悦,为有了新身份感恩不已。

他考了大学，周六、日去上课，换了新的工作，被她介绍的，托了关系，破格录取，没有毕业证，也就先没有着，日子好像喘了一口气，人生的大山都被清走了。

老公房的日子，是两个人生来最自在的时间。

太自在的日子，很容易让人滋生理所当然的感觉，没有压力的生活，立刻变得轻飘飘的。

他在新公司里，觉得有点百无聊赖，手头的活儿干好了，就去楼顶抽烟，另外一个抽烟的女孩子，给他讲公司里的八卦，慢慢就变成了抽烟的搭子。

一前一后的，或者提前约好的，上午一次，下午一次，两个时间段。

女孩说，我就喜欢北方男人。眼睛里又黑又亮。

他问，为什么？

女孩说，不知道。

掐灭了烟，就下楼去了。

女孩的腰很细，屁股如蜜桃般饱满，身体小巧，感觉一把抱住并不费力，他闭上眼睛，又抽了一根才下楼去。

火苗一旦燃起来，就很难扑灭了。

后来团建，在泰国，喝了酒，他头疼，说我回房间了。众人继续笑闹。

门在三分钟之后被敲响了，他知道是她。

他本可以装作没听到的，因为他开门的时候，对方已经走出去五步。

他本可以不叫住她的，但他问，怎么了？

该发生的都发生了，年轻的身体，没有什么理由不发生。

他觉得自己太年轻了，不该那么早堕入婚姻，他在高潮的那一刻，觉得自己是不是决定过于草率了，他为此感到羞耻，又沮丧，离开她的身体，他立刻冲到浴室里洗澡，像摆脱什么似的。

她问，你睡过多少人？

两个。

她笑了，说骗谁？

两人在后来的几天里，没有再说话。

回上海的途中，阴错阳差的，登机牌换在了一起，他上了飞机，就戴上眼罩睡觉。后来被乱流惊醒了，飞机疯狂地抖动，空姐的声音微微颤抖："我们正在遭遇较为强大的颠簸。"

她害怕，但不敢抓住他的手，直到飞机急坠的时候，他还是揽住了她。

他听到她说，我喜欢你。

他这一刻知道，原来喜欢是，这一刻飞机坠下去，我手里攥着你的手，就不害怕。

此时，他结婚一年。

回到家里，他跟妻子摊牌。

妻子还没有变成前妻，没有哭闹，只是不想说话。

她突然把他按倒在床上，试着吻他，然后停住了，眼泪啪地砸在他的眉心。

她说，不行，我不能装作什么都没有发生。你真的喜欢她，就去跟她过吧。

当晚，她搬出去了。

拉着箱子，她走出门前，问他，你听过那种剪刀剪裙子的声音吗？其实是非常疼的声音。

到民政局离婚的时候，出了大门，她说，我现在明白了，我们当时为什么结婚？为了证明自己可以随便使用自己。现在离婚也是。

他没有跟后来的女孩在一起，这一年，收拾了行李，回到北京。

上海，八年。

十九岁到二十七岁，一无所有，多了个身份，前夫。

二十八岁，认识了现任妻子，姐姐介绍的，学历高，博士后，他在那一刻知道，心理上的自卑，需要用一辈子来克服。

各种角度，都觉得这任妻子很像前妻。

姐姐风采依旧，家中说一不二的话事者。母亲衰老，去年摔了一下，气度全无，变得谨小慎微，像只怕被抛弃的老猫。

前妻目前还居住在老公房，工作稳定，没有再婚迹象。

彼此不再联系，像生命中路过的人。

男人日渐发福，把这段往事，都放在酒里喝下去了，跟现任妻子生了小孩，不能在家里抽烟。

夜里十一点半，临睡之前，到楼下抽烟，看着天空的乌云，自己念叨着："这天，又要下雨了。"

03

MEI DAI
美 待

不是所有的故事，都要有个明确结局。

我们互为彼此，了解对方，所以何必说谎呢？

美待喝下第五杯，脸颊涨红，已经开始微微眩晕。此刻，若有超能力，大概需要那种，把对方瞬间移动过来，揪住脖领子问：为什么？

只是和俗滥剧情不同，美待不会扇他的耳光，而是要用嘴含住他，用手揉捏他，用身体压垮他。

他是瘦弱精干吗？还是有些小的肚腩？他到底是有烟草味道的还是气味清新的？不是酒的原因，你太爱一个人的时候，就对他的形态无法确定。第六杯酒的时候，美待已经无法辨别，甚至连他的样子，也需要不断地翻相册才可以确认，或者，打开他的朋友圈，向上翻，寻找那张背影，耳朵的弧度，短发，肩膀，腰和臀。

你说他为什么突然间断了联系？为什么？

这是美待喝酒的第四夜，她发现自己从来没有如此迷恋聚会，热爱歌唱，真心喜欢大闸蟹和火锅，她竟如此喜欢热闹，因为一旦静下来，她立刻就要爆炸了，要订机票，飞到他的城市，敲开他的门。

只是和俗滥的剧情不同，美待不会扇他的耳光，而是要用嘴含住他，用手揉捏他，用身体压垮他。

她笑得肆无忌惮，她说，哪有因爱生恨啊，分明是因爱生爱啊！

下一刻又说，我要毁掉他，现在就去。

成年人谈恋爱，就像老房子着火。

满桌子的人，都去假模假式地阻拦，但谁没焚心似火地等待过别人？所以看着美待火气冲天，内心都潜藏着艳羡，钦佩，这年代里，这年龄里，还能遇到真爱？

大家都是理解的，只是现在大家都痊愈了，美待看起来，真是个病人啊，但爱就会让人犯病啊，美待的真实和虚空都被爱炸出来了，再也无法收回去，大家都理解，所以只给了她善解人意的笑。

人类真愚蠢啊，明明经历着一样的一见钟情予取予求分道扬镳痛心疾首，还自认为自己的故事最为独特。

故事都一样啊，如出一辙，不理你就是不想理你啊。冷静的人说。

美待当然不服，我的当然独特了，我们那么克制那么谨慎那么炽热那么……优秀。

可，为什么你问出的问题都是一样的？他在想什么？他为什么突然不说话？他到底怎么了？他是不是爱我呢？

好朋友说，随便一首伤心情歌都可以回答你，你来点，随便点，至理名言我们听过几万次了，KTV里的大俗情歌里都这么唱，守着可怜的主题，变着不同的花样。

美待灌下第七杯，觉得内心轻松了很多，逐渐贴近真我，像在深水池里，再把头奋力浮出来。

大口的氧气，竟然不是在家里获得的，不是在办公桌前获得的，不是在成年人引以为傲的身份地位前获得的。

只在这第七杯之后，满桌理解自己的人，自己随口说着爱和杀之类的傻话，氧气就来了，大块的，充沛的，塞满肺泡和大脑的氧气。啊！如果此刻有他就更好了。

只是和俗滥的剧情不同，美待不会扇他的耳光，而是要用嘴含住他，用手揉捏他，用身体压垮他。

在这很久之前，美待滴酒不沾，各种局上，永远对着无酒精菜单发呆，犹豫不决，而不管她经历多长时间选择，最后上来的总不是她向往的那杯，从样子色泽到口感。

跟她选男朋友一样，眼光独到，命运多舛。

把剧情往前回溯，美待已经习惯做个正常人了——永远唇红齿白，永远情绪稳定。大笑时也注意着，避免增深眼角和法令纹的压力。签字时有股奋勇的男子气，除了格外在意嘴唇和手，她时刻提醒自己莫被中年压榨，实际的年龄飞速向上增长，她也有勇气说出来，辅以大笑，光芒夺目。

直到他的出现，现在回忆起来，那次相见没有背景，没有天气，没有温度、湿度，她只觉得口干舌燥。他坐在对面，笑容里带着傲慢，像随时可以否定她说的一切，但没有。他对她轻轻地点头，再概括性地总结了她谈话中的漏洞。

她从来没有漏洞，那天张口结舌的。

"如果这样，会更好。"

他声音端正，像人一样，鼻翼像被完美修正过的，脸上没有任何瑕疵，弧线优美，五官描述起来并不容易，但与身体和气息组合在一起，就很完美。

美待进洗手间的门之前步子轻盈且礼貌，门一关上就虚脱了。她双手撑住洗面台，在镜前看着自己，今日不够完美，鼻子上的毛孔怎么变大了，嘴唇并无颜色，显得憔悴，衣服灰暗，有褶皱，还有！刚才我是不是说出了自己的年龄？

美待在镜前深呼吸了几分钟，再回来时已经准备好再战。

男人的无名指上有颗宝石，除了杂志上，你很难见到人戴它；除了他，你很难见到人把它戴好看。

但他就是这样，轻松地结了账，礼貌地说了再见，哦，也说了，我可以加上你的微信，如果你不介意的话。

美待铠甲满身还未得到赢回一局的机会，又立刻掏出手机，慌乱中险些带翻桌面上的咖啡杯，她拿起咖啡杯喝了一口。

温了的咖啡喝起来像猫尿啊。她说。又觉得，初次见面，这话真是不妥。

对方说，是啊，所以我只喝冰的，或者喝最热的。体温级的咖啡，简直是一种刑罚。

他在服务生递来的单子上签字，眼睛瞟了她一下，再回到手机上。

加上了，他说。

美待的心跳加速中，他站起来，紧实的臀部驱动双腿，用手撑住门，以便美待顺利地通过。

美待不想走在他的前面。

此刻，她觉得自己错漏百出，像极了课间操时要穿着肥大的校服穿越操场，她必须把胸含起来，以免女孩们无声的惊叹和男孩们刻意的惊叹。

而这一刻，她的肩上，披着一件小的外套。她试图用鬈发压住它，可她侧身过门的时候，嗅到了他身上的马鞭草的味道，一阵慌乱，小外套顺着肩膀向下滑。

完蛋了。

她的身体有些倾斜，想制止外套滑落的速度。

他的指尖轻轻点住了她的腰，大概是两根手指，但温度已经传达了过来。小外套没有滑落，美待也没有摔倒在地，两根手指将她扶起来，到大堂之外。

美待上车后，一直在找合适的照片，更换微信里的头像，这个笑容太明亮了，显得侵略感十足，不容置疑，太过坚定，让人觉得无懈可击。

但她还是晚了一步。

对方发过来一二三四几点建议，对她刚才说的做了完美的总结，建议如此修改。然后附赠一个握手。

她蜷在后座上，觉得自己怎么那么身形巨大，却又非常轻，以至于波浪涌来的时候，自己毫无定力可言。

人长大成熟不是为了处变不惊吗？那今天的慌乱来自哪里？

她屏住呼吸，回复说好的。

又觉得回复得太快了，显得不够真诚，一二三四怎么能那么快看完，看完难道不应该思索吗？

到了这日的深夜，她往返于对方的微信对话框和朋友圈之间数次，身心俱疲，她想说，我们什么时候喝一杯吧。

但最后作罢，她说，我觉得第四点，我坚持我的意见。

他迅速回复说，哈哈，好的。

像白皙的手指在键盘上飞速地打字，再将手机垂直于桌面放置，没有一丝犹豫，笑容里有烘干机刚刚完成工作的湿漉漉却又干爽的味道。

美待觉得自己疯了，那种疯任何人都可以理解，也不可以理解。就是：为什么我们会相遇，为什么我们相遇这么晚？我们之前都在浪费时间干什么？

这种恋爱初期神经病般的灵魂追问。

他们不停说话，但从来止于谈论，到后来美待想起这些，觉得止于谈论最好。

但情感是越延迟越迫切的登机之心，越滚越大的雪球，滚下山坡前，没有人能阻止得住它。

这样过去了大概六个月，时间怎么过得那么快？六个月里，美待修饰自己，扔掉很多衣物，再重新添置很多，衣柜里永远层层叠叠的，但没有见到他的日子，穿什么和怎么搭配都不为过。

下次见面时，季节已经过渡到夏末，空气中黏稠着雨水，像块湿答答的抹布。

如果不是空调的帮助，大概每次会面人都会尴尬，脖颈上是汗水，发际线、眉毛、眼睛里也蕴藏着湿气。

美待和他吃了饭，此行前她试着换了三身衣服，在酒店里第一次体会到什么叫作孤立无援,唯一可以回答她的只有穿衣镜,这件太坚硬了,这件又显得曲线过于明确,这个又不够重视,最后她只好在三套里玩点兵点将听天由命。

于是,出现在餐厅的她,有一条长的流苏项链,绕过她的脖子,像条阳光下闪光的瀑布,而山下有山,像流入峡谷之内。

她坐下,谈工作的事情,争取自己每个字说得都很清晰。

坐下时,他说你好。

她踌躇了下,缓缓地问:"你好吗?"

就像每天都会在心里问一下一样,那些包裹在日常工作交流中的,潜藏的字句,不知道他有没有听到?

她那天非常想喝一些酒,酒是个好东西,可竟然这一夜只负责控制她。

他行动如常,可她觉得餐厅里每个人都醉了。包括来结账的服务生,意意思思路过他们再假装无意撩头发的其他女人,她站起身,到洗手间,对着镜子骂:你们这些做作的人。

洗手间的隔间里传来冲水的声音,她对着镜子吐舌一笑,赶紧逃了出来。

他说我送你回酒店吧。

美待说好啊。

他还是用两根手指,轻轻托住她的腰。

美待想,不知道这两根手指,有没有感受到,六个月里,微小的赘肉已经被她靠跑步杀掉?

两个人在车上都没有说话,美待看着街灯,轻轻哼着一首歌,手机在手里被攥得微微发烫。

他没有说话,也没有看她。

美待可以感受到他的气息,那种酒掺在空调风里的甜香气,还混杂了一些薄荷味烟草的味道。

有那么一刻,美待是想把头靠在这气息里的,确切地说不是他的肩膀上,也不是他的怀中,只是在这个气息里,酒是个好东西,它让人爱的东西更明确,讨厌的东西也更明确。

她混乱地说,你相信吗?人都是靠气息获得机会的,只是人没发觉罢了。

他说,我相信啊。

但,酒店的路程太近了,这个话题没有得到展开。

他先下车,到她那侧,帮她开了车门。她这个时候略显缓慢,但还是下来了,她内心有两个选择,她最想说的是,要不要送我上去,能说的却是,谢谢你,今天很开心。

即便是喝了酒,夜风微微消灭了暑气,空气不再黏腻了,站在那里,她和他那么近。她终于说,谢谢你,今天很开心。

他说,我也是。

美待张开了怀抱,这个举动也吓了她自己一跳,车的司机还在等着,所以这个拥抱只能浅尝辄止,但他还是将她揽入怀中了,那个气息的浓度瞬间变得更高,像可以将她举起的巨浪,她的身体即将失去控制,要全面进行攻击了。

还是那两根手指,在她的腰际轻轻地敲,他说,好了,早点休息。

"好了"是句可轻可重的话,在此时,却非常重大。

她离开他,像被推到了另一座山峰之上。

电梯里,她悲伤,也喜悦,想着被气息覆盖的喜悦和离开喜悦时自己的幻灭感,就更加悲伤起来。

她回到酒店房间,洗了澡,卸了妆,吹干了头发,对着镜子里的自己和他说话,你怎么那么尿啊,我都这样对你了,难道你没有感觉吗?

成年人是不会轻易死的,没有感觉没有爱也不会轻易死。

又三个月,另外一座城市里。

再次见他的时候,美待没有做任何准备。

美待无懈可击,甚至连他的气息都视而不见,大口喝酒。美待用三个月来平息自己对于这些细枝末节的迷恋,这些被放大的点滴,都不是成年人该有的,一个成熟的成年人需要情绪稳定,一个成功且成熟的成年人则需要——没有期待。

秋天正在结束中。

第多少杯了?美待已经忘了,但补充一下,成功且成熟的成年人还需要,很好的酒量。

他的口中,话逐渐变得多起来,手指轻轻敲击着吧台,像在弹奏钢琴。美待不期望什么,她害怕再次出现"好了",那天她在镜前骂了很多脏话,她对着自己说,以后,请你不要再让任何男人对你说"好了"。

男人没有说,男人比前两次都勇敢,这过了多少个月?时间已经到了冬天。

他在某一杯酒吞下去之后,突然吻住了她。那一刻,是酒吧里所有的人都醉了,一塌糊涂。

他们纠缠着到酒店,纠缠着上电梯,纠缠着进了房间。

美待那天的衣服有个特殊的扣子,他解不开,美待也解不开,上衣死死地局限了他游弋的双手,让他的唇无处安放,直到美待奋力地把衣服扯开,扣子啪的一声飞出去,再哐当一声掉在了洗手间的口杯里,发出悠长的像钟声的一声。

两个人都被吓了一跳,停住了,再同时大笑了起来。

这个世界好奇妙啊,东西和东西撞击,人和人撞击,发出不同的声响,形成不同的韵律。

美待和他的撞击,像这个深夜里最好的乐器,最美的礼物,像彼此的山峰,彼此速降时带来的眩晕感,美待想让这一刻无限延长,这一夜无限延长,想让这些声音无限延长。

可天还是亮了。

再补充一下,成功且成熟的成年人,需要面对每个天黑和天亮。很多时候，都不容易面对。

美待突然变得恋恋不舍，她想告诉对方自己等待了九个月的时间，可他迫不及待地说了，九个月里，他常常想着，会有这一刻的发生，只是不知道在哪里，在哪个时间。

美待似乎听到了灵魂的撞击声。

天亮之后，美待和他打字，那也是一种美好的声音。美待的手指敲击手机屏，有指甲的声音，他敲击，则基本上没有声响，但他们却又彼此听到，那些声响背后更大的声响，足以让他们二人的世界重新整理的声响。

再补充一下，成功且成熟的成年人，是不会随便重新整理自己的世界的，他们连衣橱都很难重新整理。

时间跨越到第九十九天，他突然冷静了。

没有回应，超过八个小时，十个小时，二十四个小时，三十六个小时，那种冷从屏幕那端到美待这端，美待开始跟朋友问问题："他怎么了？手机丢了？人出车祸了？还是突然发现不爱我了？"

朋友说，这些都不会发生，大概就是只有一种，觉得到了适可而止的时候了。

美待说，这就适可而止了？我们还没有过过圣诞节，没有过过新年。他为什么不能直接告诉我，跟我说明白？

不是所有的故事，都要有个明确结局的，这样的结局也是一种啊。

美待抱着杯子里的酒，眼睛里有一丝丝的迷离，她说，我是不会让人再跟我说"好了"的。

可我希望他跟我说清楚。

朋友笑，说你把故事写俗了。

不是所有的故事，都有句号，成功且成熟的成年人，生活里应该尽量减少叹号，减少问号，多些省略号。

朋友无限哀伤，没有喝酒，可也像喝醉了，她说："其实在这个年纪，得到点类似爱情的东西，已经很难得了。"

还要什么自行车呢？你忘了现在的时代，都是共享自行车了？

自己整一辆，放哪儿啊？

你真悲观，美待恶狠狠地说。

04

QING YI
青衣

成长就是不纠缠，对方让你走，你赶紧走。

这天外边闷热，演出场地在地下，所以难辨日夜，也难辨季节。

人还算安静，可以边吃饭边看演出，入场时间是六点，但交通太差了，到六点半才开始上人，鼓噪着拥抱什么的，再坐下，吃牛排，还有河粉，喝气泡水。

她穿了薄的衫，金丝勾了边，袖口宽大，头还是要盘的，但还不能是老样式，老样式衬不住这身长裙子，脚上又是高跟鞋，手里拿着团扇，一会儿要唱《天女散花》。

她脸盘儿如满月，笑一下，眼一抬都是戏。

青衣上台不用人扶，前边的女歌手则需要三个人。

青衣扯着裙子，缓步上台，站中间，戴着耳麦，这样好，不占手，动作倒也不多。青衣的手好看，白又长，每个骨节都比别人长那么一点点。

视觉上，这双玉手，这个脸盘儿，就吸了舞台上所有的光，旁边的鼓啊，大提琴啊，吉他啊，都成了做伴的，隐了去。

青衣站在台上，咿咿呀呀地来了段清唱。

观众不一样，尾音像凤凰在观众席里飞，长羽毛掠过他们的头顶，柔软又干净。可惜，最后还是没能换来一声他们的好，叫好显得粗鲁。

在这样的场地里，伴奏的是新乐器，台下又是西餐席，熟的不敢出声，不熟的就更不敢出声，导致全场有股子奇怪的尴尬，特像她相亲的时候，男的不知道怎么接话，就拼命给她倒水。

她说，我有个毛病，手边的杯子里不能有水，有就得把它喝了，你再给我倒水，明天我肯定特别肿。

对方嘿嘿笑，看起来忠厚，让她觉得踏实。

来之前看照片的时候，她拿着手机给闺密看，闺密小托，嘴毒得很，说，这不就是"丑"字的具体体现吗？

丑吗？她倒真是看不出来。

就像自己小时候被人夸好看，自己对着镜子看了半天，放下，又看了半天，得出结论，我长得很平均，一分为二，一模一样，左右脸互为镜像。

相亲的这位，目测已经很不平均，五官各自为战，脸就没有什么中心思想，倒水的时候上唇微微翘起，仔细一看，不倒水的时候,也翘起。

但美丑不重要,都差不多,王菲有句名言大意是,美丑都会有别的心思,那还是找美的。

但她知道自己缺什么,虽然不是所有的人都能识破。自己小时候上戏校,到学校晚了,军车正拉着学生一车车去军训,她妈把她被子扔上车,再双手把她举上去,跟老师说了再见。

妈妈不演那些没用的戏份儿,就站在那儿,看她跟同学们走了。

她也不哭,但她知道,那一刻开始,她就没有机会被人宠爱了,必须学会自己照顾自己。

此刻,她站在舞台中央,被聚光灯打着,丝毫不肿,演出是要紧事。

不演出,她就没有什么存在的意义。

团里的演出,跟这个不一样,这个更紧张,虽然明明知道底下的人不懂。

她是团里最小的孩子,怎么就沦落到相亲了呢?

"团里",每次说起这个词,都显得非常二十世纪八十年代,但她都得解释,还是有剧团的,且实体存在。

她恍了一下神,收了这段唱。

弹吉他的说我断了一根弦。

底下人起哄说你太用力了吧。

吉他说，青衣，你救场唱一段吧。

她站在台上保持着笑，这种笑保持起来很累，但习惯了就跟正常表情一样，她拿扇子侧身，回头，跟大提琴低声商量："要不我唱段昆曲《游园》吧。"

她忘了自己带耳麦了，声音传了出去，底下齐声叫好。

众人第一次听见青衣说人话，都嗨了。

就像，相亲的人问她："青衣是不是在闹市吵架，一声就能把对方叫阵亡了？"

她就在台上笑。

吉他也笑，说，你看，这位真是个直肠子的青衣。

她这样的女孩子，做着古老的行当，跟现实生活相差很远，职业栏里写京剧院，总让人觉得是故意的，打个车，说了地址，司机都会问，现在还有剧团呢。

不仅有，还开会，还学习呢，还有业务考试呢。

那上班吗？

上，法定假期休息。

回答了很多遍的问题，还得再回答。相亲的时候也得回答。

自己此刻，二十八岁。

眼前的没有中心思想男，据说家世不错，上海户口，有车有房。起先不想找个唱青衣的，觉得，实在对这个职业没有底儿啊，影视作品里都少见，就算有角色，还都不大正常。对比演员，青衣实在是陌生得很，陌生到觉得对方有一股森然古意，必须得正襟危坐才对得起。

那男的想想也无话，就知道不停倒水。

她坐在那儿，咕咚咕咚喝了两口水，觉得，怎么没有中心思想男还挑上自己了？内心有点生气，可是院长推荐，关系盘根错节的，她怎么也得把这个亲相完，第二天到了团里，也得给人一个回复，就说，见过了，不大合适。

面上的戏得做得足足的。

好在后边聊得不差，像极了那天舞台焐热了，大家觉得来都来了，听听也挺好的那种感觉。

男的说，我其实是有女朋友的。

青衣差点站起来走了，但觉得听听也无妨，都二十八岁了，不能一惊一乍活得跟个花旦似的。

人生给人的最大意义，就是看到标题，得大概看一下具体内容。

看到具体内容，也得想想，是不是真实可信，不好的是，随着年龄的增长，大部分标题我们都懒得打开。

男的说，我其实是有女朋友的，只是我这个女朋友，家里人都反对，她确实，各方面都不好，工作是超市收银员。

青衣没怎么去过超市，生活用品网购，水果闪送，就想起每年春节，看到收银员的扑克脸，多少人排队都面不改色，大军压境你奈我何，站在那儿一天，头都不抬，跟旁边人聊天表情都不变，大概也不会记住任何人的脸。

男的说，我偏偏记住了她，每次都去她那个收银口，她偏偏也记住了我。

青衣抬眼再看他，觉得他竟然涌出几分羞涩，那种少年才该有的羞涩，似乎脸上有了中心思想。

男的说，她是比我大，可怎么了？

青衣说，是啊，用年龄分人真的非常粗暴。

她声音不疾不徐，吐字清晰。

而且，怎么能这样看人，离婚了又怎样？男的似得到赞同，更加有理了一般。

对方的女朋友被这样勾勒出来，即便自己是男人的妈，看条件也有点不愿意，即便这男的长得丑，脸上还没有中心思想。

青衣说，谁还没有感情经历啊？不过父母的想法也可以理解。

她觉得自己有点不好意思，因为站了两个队，这平衡确实不好做，像水袖子已经舞动起来，锣鼓家伙催得正紧，不得不继续保持动作。

男的喝了一口，给她也倒了水。

手放在鼻子下边嘴唇上边，竟然有点动情般，继续说："她孩子也不大……"

青衣觉得袖子啪地打在了自己脸上，这是个演出事故。

中心思想非常集中了，相亲的这个男的爱着一个收银员，离婚了，孩子不大，五岁，男孩。

其实没有鄙视的意思，但就是觉得哪里怪怪的。青衣说明天我还有演出，喝完了杯中的水，连忙说，你别倒了。

但因为咽得慢，水又被对面的男人倒上了，他说："那不耽误你，我送你吧。"

男的站起身，肩宽，腿长，和脸形成对比，只看身体的话，大概可以演霸王，可再看脸，又想起小托的话，这不能画啊，得戴面具。

刻薄！可小托爱情幸福，男人在她的刻薄面前像猫一样，不像她，一旦她爱上了，谁都可以对她耀武扬威。

路上，男的急刹了一下车，前边一个女的骑电动车，横穿马路，驮着个孩子。

男人的右手，就这样在她的胸和脖颈之间挡了一下，他说："对不起。"

又看着车前边的女的，低声说："太不小心了。"

她撞在了他的右手小臂上，竟然觉得，心里一暖。

她爸爸和前男友都是路怒族，一上车就开始骂，骂到下车熄火。

青衣想起，前男友又一次怒不可遏，她听得烦了，说，你开了窗户骂啊。

前男友说:"那何必呢。"

前男友抱怨她下楼晚了,不然可以避开这个堵点。

雨下得淅淅沥沥的,不大,空气湿润,右边的挡风玻璃上有水珠,水珠上映出无数的上海,灯火迷离。这个城市春天很长,草木长得慢且优雅,没有声息。

青衣到了地儿,要下车,雨还在下,但其实,不打伞也不碍事。

男的跑下来开门。

然后把外套脱给她,说,你挡下头吧。

她说不用。

对方说:"你的脸,可是观众的。"

然后站在雨里,说:"对不起,说了一晚上我的事儿,也没有听你讲讲。"

青衣笑了,说,我没什么可讲的。

男人的脸集中起来,竟然有了新的中心思想:我觉得你挺好的。

然后他伸手,跟她握了一下,手干,有力,温和。

她顶着他的外套回家。

收到了他的微信:早点休息,下次听你的故事。

青衣觉得心里被攥了一下,又想起他那个收银员女朋友。

回了一句：你要是喜欢对方，就坚持一下吧。

怎么突然变成了对方的盟友？青衣也不大知道，外套有一股奇怪的味道，让她觉得没有陌生感，像小时候爸爸的外套？说不清楚。没有中心思想男的脸不如这个味道来得有印象，她竟然有些喜欢，还有就是，他刹车的时候手臂挡了那一下的感觉。

被保护的感觉。

青衣发现，自己身边这样的东西太少了。

小托问，怎么样？

青衣说，挺好，只是人家有个女朋友。

小托说，渣到相亲局上来了？

青衣说，哪有那么多渣男，渣男才不当面说明白呢。

小托说，明渣啊。这人别看丑，还挺自信的。

青衣说，我困了，要睡觉。

小托说，还得找帅的，未来会离婚的话，也有个优秀基因。

小托已经结婚了，但对外都不说，老公在深圳上班，两个人月末才见一次，小托说，挺好。

青衣其实没有睡觉。

拿着手机翻没有中心思想男的朋友圈，看到半年的时候戛然而止了。

然后，手机里收到微信，男的说，晚安哦，我听了听《贵妃醉酒》，除了慢，挺好听的。你们那是什么派？

青衣说，尚派。

对方说，记下了。

还外套的那天又下了雨，青衣顶着外套进餐厅说，完蛋了，衣服白洗了。

男人说，这次，我给你带了伞。

青衣忘了怎么起的头，男人说，你肯定看不上我。

青衣说，没有啊。我们可以交往试试。

男人惊愕的脸中心思想全变了，问："为什么？"

青衣说，哪有这么问的。

晚上吃的是扬州菜，笋正好，油焖一下，嘴里是整个春天。

男人问了很多关于青衣的问题，然后咧嘴笑了，说："我就不让你唱了，你肯定老被人要求唱一段。"

青衣想起无数个被要求唱一段的瞬间，其中还包括前男友的爸爸。

前男友在席间吃大虾，说，唱呗，又不是外人。

她只好站起来，唱了那么一段。中间，前男友的爸爸看了两次手机，又拿牙签剔牙。唱完了，她就坐下了，心里生着闷气。前男友吃虾占着手，老父亲也没有鼓掌——拿着牙签啊，妈妈倒是点评了下，说专业的就是不一样，唱得真清楚，声音真大。

她晚上挺不高兴地回家，男友开车送，一路上骂着路上的人、车和红绿灯，实在都没有了，就骂园林部门，你说说，这月季花能当环卫花？

然后，还说，你怎么老是不怎么高兴，你是不是唱青衣唱的，这么幽怨？

她那一刻被引爆了，她说，我有你不高兴吗？你们全家都不高兴。

分了手，下了车，走回家，她在路上唱了一段天女散花。

内心格外自由，事后讲起这段，她说，青衣吵架没有假嗓子，走路也不是袅袅婷婷，我就是一个普通的二十多岁的女孩子，可惜，那一刻，我的基本功没啥用处。

站在台上的青衣，唱完了，上台没人扶，下台也没人扶，走到后台的时候崴了一下，脚脖子立刻肿了。

给没有中心思想男朋友发了张脚脖子的照片，对方立刻回了，说，怎么回事啊？

她说，崴了下。

男的说，24小时内冰敷，24小时之后热敷。

她说，好。

回想起来，这是他们恋爱最热烈的时刻，两人为了脚隔城对话，男人细心，让她觉得踏实，她发现跟之前不同的是，自己不喜欢出差了。她怀念湿漉漉的上海，回家，跑出去，喝乌鸡汤什么的。

男人穿着外套,在楼下接她的时刻,让她一遍遍地确认,自己不再是一个人了。

谈恋爱的日子从春天到夏天,贯穿了整个雨季。

从北京回到上海的晚上,他没有来接她,说家里有事儿,有什么事儿呢?青衣问了,没有回答。

这天,他来找她,看来是喝了酒了,跟她说,我对不起你。

她说,你怎么了?

男人的中心思想在脸上浮现起来,他有些愧疚的吧,说,我以为找了你可以过正常的生活,这样大家都满意。

她等着他说"但是"。

他接着说,但是,我忘不了她。她挺需要我的,你出差的时候,我去超市那儿看了看她,她自己收银的时候被人骂了,被对方拿大葱打了脸,她边收银边哭。

她看着他,觉得自己的脚更疼了。

她说我们找个地方坐坐吧,我脚疼。

他说好,她走得慢,路上心乱如麻,有多乱呢?有站在台上,吉他手说自己断了根弦那么乱,有自己偷着说话被耳麦放出去那么乱。

但她都不让人看出来。

坐在咖啡厅里的时候,她说,那你准备怎么办?

他说,我们分开吧,我觉得,我无法放弃他们。

青衣觉得自己漂亮啊美啊仪态得体啊，都成了她的阻碍，像练了这么多年童子功，最后变成了一个累赘。

你是一个更优秀的人，你是一个可以有更多选择的人，怎么还成了别人放弃自己的理由了。

青衣说，那好啊。

成长就是不纠缠，对方让你走，你就赶紧走。

他说，你别喝太多水，明天会肿。

青衣说，我明天没有演出。

对方看手机，皱眉头。

青衣说，你走吧。我自己再坐会儿。

对方犹豫了片刻，说，那好吧。谢谢你。

青衣坐在那里喝咖啡，夜里九点多了，外边的灯火丝毫没有倦意。

青衣也没有倦意。

她后来发现自己站不起来，打电话给团里请了假。

叫了车，光着脚，拿着高跟鞋，弹跳着上车。

手机很安静，再也没有人联系她，跟她说什么话，她给小托发了微信，小托都没有回。

她发：我分手了。

发这个的时候，觉得自己很多表演其实是不对的，是徒有其形的，是表面的，是不够有打动力的。

次日,她和小托去了趟那个超市,看到了那个她。

她嘴唇厚,牙齿整齐,染着黄头发,耳环巨大,几乎不看顾客也不看其他,如果不用扫码可能连价签都不看。没人的时候百无聊赖,就站在那里抠指甲。

小托说,俗气啊。

小托正好买了酱油,就把它大力地放在台面上,力道很大,等收银员眼神看过来时,小托立刻做出一副高傲的样子,像个消费者、上帝、房东或者雇主太太,反倒是青衣跟在后边,怯怯地看过去。

收银员也不怒,眼神对了下,立刻放下来,拿起酱油扫码。

要塑料袋吗您?

小托说,不要。

收银员双手把酱油递给小托。

小托看着她,手去接。

收银员已经松了手。

啪的一声,酱油溅在了小托和青衣的鞋上、裤子上。小托发出尖叫:"你怎么回事啊?!"

收银员一点都不惊慌,冲着小托说:"对不起哦。是我的错。"

然后,冲着小托身后的青衣,微微一笑。

青衣觉得,自己还得苦练,上功,被柴米油盐酱油浸泡。

05

DUO JIN

多金

本质上女人得靠自己，靠自己久了，就会有更好更厉害的人爱你。

多金看到新闻里女明星对老公提刀相见时,正在酒店大堂里用勺子劈开玫瑰千层的一角。

蛋糕虽好,但断断不可多吃,挺胸收腹,多金跟闺密说,也不知道你们在这里说得这么痛快,真有个人提刀和你们相见,你们还会不会这么爽?

多金笑的是另外的新闻点,就是,好生生的一个女人,怎么就被骗了呢?

怪只怪好男人太少花招了,再去掉一半没钱的,骗子反而见多识广,容易对得起期待。

多金从来不交穷的男朋友,她跟好朋友坦诚过这个事儿,说我真的不是故意的,是自然养成,你如果觉得我拜金,就算了，我也不好申辩。

多金小时候，父亲就做生意，后来和多金母亲离了婚，日子过得浮浮沉沉的，但从来没有亏待过她。

父亲的教育方法，现在看起来也不知是错是对，但让多金独立，学好英文，早点考了驾照。

父亲的原话是，万一有个车，你得会开啊。

那时候多金还在做编辑，翻着杂志想起未来的日子，心里空洞又荒谬，什么时候才能有车啊，驾照也拿了这么多年了。

杂志上的东西，大部分买不起。

到现在买得起了，觉得穿戴起来，不过如此。

多金撑着一把阳伞，走在大太阳下边，阳伞比别人大一圈。

多金父亲说，你可不能跟别的女孩一样，防晒只防脸，要防全身的。

多金的腿也很白，在太阳下走过来，像两管日光灯，加上她天鹅般的脖颈子，有人搭讪的话，老被问，你是跳芭蕾的吗？

只好笑笑，回一句：跳过。

其实没有。

这也是父亲强迫的，包括学钢琴。小时候贪玩，父亲一出门就跑到客厅看电视，看时间差不多了，赶紧跑到自己的卧室把琴凳子焐热。

父亲回来就坐在她房间的小沙发上，闭眼等着她的汇报演出。

她当然是没好好练，昨天错过的地方今天又错了，因为又错了就更加害怕，手一松，再加上几个错，考试在即，她不着急，父亲着急。

父亲打开了窗子，多金家住六楼。

父亲把十二岁的多金抱起，放在打开了窗子的窗台上。

然后攥着她的双肩，把她身子探出去，说，说话办事，要说到做到，不要骗人，更不要骗自己。

她头冲下，感受到楼下蒸腾上来的热气，刘海儿倒挂被风吹拂，地面遥远，不可亲近，从十二岁的视角看下去，六楼真高。

她被吓得不敢作声，眼泪吧嗒吧嗒地往下掉。

多年后，每逢走到山穷水尽之时，她都能想起这个黄昏，自己于六楼向下的那次凝视，深渊般的六楼，就更少犯错。

日后再问父亲，父亲憨笑，说，哪有这事儿，你怎么老给我编故事啊。

多金的朋友笑她，说你父亲按照女特务培养的你。

多金没有笑，说，我老觉得，他培养我是要干大事的。

大事包括，长大成人，风光大嫁。

以至于多金做任何决定，感觉身侧都站着虎视眈眈的父亲。

多金说的每次不可以，都是父亲意志的不可以。

多金说的每次可以，都有点微微害怕。

所以我为什么要找有钱人？不单是有机会实现个人品位，优渥生活，而是那股狠厉，穷人身上没有，没有被置身六楼之外的凶险，就不知道脚在地面的踏实。

多金跟好朋友说。

其实也知道，这根本不用解释，还有就是，不聪明怎么赚钱，不聪明怎么能守得住钱？

旁人觉得你为金银，那就觉得呗。父亲说，别人怎么觉得，你管不了，庸人才自扰，勤快不一定能致富，勤快且聪明才行。本质上女人得靠自己，靠自己靠得久了，就会有更好更厉害的人爱你。

父亲说得没错，大部分生活中的道理都没错。但能不能做到，是另外一回事。

所以说回只和有钱人谈恋爱这事儿，多金对朋友的劝诫毫不在意，也认为没有必要，只好耸肩摊手。

多金最好的闺密下嫁给一个同行，生了孩子，终究逃不脱公婆来伺候的命运，一家五口挤在一个两居室里，难免擦枪走火，婆媳不和。

闺密诉苦，多金说，还不是因为穷。

闺密本想找安慰的，被多金一棒子打得晕死过去，说你变了。

多金说，我一直这样，但我也很乐意你跟我说我变了，我奋斗不息努力不止，就为了你们说句我变了。

闺密拂袖而去，当晚就发了朋友圈，大意是儿子被爷爷奶奶养得好棒，身高超标准，家有一老如有一宝。

多金想着她下午还在哭，也就原谅了她。想着要给闺密示好发个红包，说声真不是故意的什么的。

发现，她被闺密拉黑了。

在彼此经常互相翻脸再和好的时代，多金以为这次对方会加回来，结果，没有。

多金那个时候正好失恋，喜欢的那个人住在郊外，家里养着猪马牛羊什么的，有很大的场子，可供多金喝了酒在园子里跳舞。红酒让她两腮绯红，她说你看人生真是奇妙啊，我之前就想着我会在这样的院子里喝着酒跳舞。

当晚，多金发现了这个人的结婚证，感觉就是命运的安排。

跳舞跳一半，就不让你跳了。多金说，我是奋斗命，终生不可坐享其成。

多金第二天搬出去的时候身无分文，叫车到了一个大学男同学的家里，男同学觉得女神从天而降，非常开心。

女神说，你昨天是不是许了什么不该许的愿?！你说。

男同学说，没有啊。我早忘了你了。

女神说那行，我要好好洗个澡。你不用管我，上班去吧。

男同学拗不过，只好自行离开。

多金洗了三个小时的澡，看着手指都皱巴巴的，在淋浴房里痛哭了一场，等头发干的时候没事儿可做，就给男同学收拾下房子，最后的感想是：房子太小了，根本不禁收拾。

以及，多金知道自己跟男同学，不可能有任何发展，大概十个字就可以概括吧：吃穿住用行，样样都不同。

当晚，多金面不改色地说完了上边的概括，说清楚点对我们俩比较好。

多金男同学点头称是。说你反正无家可归，就先住我这里吧，我睡沙发就好了。

男同学喝了一杯啤酒满脸通红，再喝就要伏案了。

多金受不了别人伏案是因为醉酒不是因为工作，就不动声色地等他刷卡埋单，发现，人还是不能穷的，真的会看账单，一点都不优雅。

多金在男同学家小住了一个月，中间让男同学带她去文了身，她疼的时候就咬着男同学的手臂，两个人叫得一个比一个惨，文身师傅说，你俩一起叫，立体声似的。

父亲对这样的文身非常愤怒，说，你这像什么样子？多金说我长大了要给我自己教训，记住不能随便喜欢别人。

父亲说，你文在身上，不如文在脑子里啊。

父亲的教育戛然而止于八月，那天他中了风再也不能说话。

对于一个能说能干、善于表达的人来说，头脑清楚讲不出话是最痛苦的事情。他唯一能动的手指敲敲打打的,其实在旁人看来都是微弱的颤动,多金多看了一层意思,那手指颤颤巍巍伸向她,与其是说对她有爱,不如说,他更期望掌控什么,生活,权力,岁月,女儿。现在一倒下,只有无尽的道理和他做伴。

多金没有哭,走出医院的时候更加冷静了。

她打电话给已经三个月不联系的男同学,男同学合并了单车和地铁几个交通方式终于赶来了,她说,你跟我再去趟文身店吧,我把文身洗了去。

男同学又一次被咬着手臂惨叫,但他内心也知道,这是最后一次有机会为女神惨叫了,因为女神看起来虽然悲伤,但又坚定从容。

洗完文身,两人去门口牛肉面店吃了碗牛肉面,多金和男同学都没有讲话。多金说我不吃香菜,但今天我要试一试,她叫了一碗香菜直接扣到面里了,搅和了一下,大口大口地吃。男同学叹为观止了,多金很从容,每一口都是痛苦,也要咽下去每一口。

最后出来的时候各自叫了车,两辆车一起向同一个方向进发,并排,画面非常戏剧性。

车窗上有路灯的倒影,一排排缓慢地向后延伸,多金对着另一辆车上的男同学说了一声谢谢。

男同学冲她默默点头，车子终于还是拐弯开走了。

女神多金收到了男同学的微信，他说：男人不是只用来使用的，也是用来爱的。

多金这个时候知道为什么每次都是男同学奋勇搭救她，也知道为什么自己每次走投无路总是找到这个人，原来他内心有诗，只是看不出来罢了。

她几次要发回去，但最终都删掉了。

下车的时候夜风微凉，多金被吹醒了。是啊，男人确实是用来爱的，不是用来使用的。她删掉了男同学的微信，也告诉自己说，你已经没有了走回头路的机会了。

你看，这个时代，断一条后路，删掉一个号码就可以，不对，是删掉微信才可以。

这句话，像文身针头刺过皮肤，印在了她的身体里。

多金没有变，只是更加坚定，努力工作，争取事业有成，永远保持着抿唇上扬的微笑，双唇丰盈润泽，妆容没有瑕疵。

她手包里，永远有一支护手霜，一支唇膏。

她依旧热爱时尚，钟情舞台剧，对一切充满艺术感的东西心向往之。

只是恋爱的机会，似乎用完了。

寻常的凡夫俗子们，确实像男同学的那辆车一样，看她一眼就转弯走了。而那些年纪更大，风度翩翩的，口味则并不均等，看起来像中年男人爱拎糖果包包一样可笑，有些布满了年轻的廉价的塑料感，有的又油腻浮躁，一看就不想深谈。

无数个喝了酒的夜里，多金都在想，世界是不是真的把她遗忘了，以至于命运都想不起来跟她开开玩笑了。

悲伤来自她自己美好，有情调，脖颈挺直，几乎无懈可击，绝望也在于此。

你说岁月静好是不错，但岁月不能静止啊。

次日，用大冰勺子罩住眼睛去掉水肿，多金又变成一尾腰肢坚定的鱼，随时等着龙门大开，一跃而起。

父亲那边自己隔三岔五去看下，他手指的弹奏越来越熟悉，之前说，不知道还能不能看到你嫁人啊。

现在就说：好好地工作，身体健康就好。

多金给父亲讲笑话，说故事，只是现在也没什么报纸了，给父亲买了个iPad，七十集的电视剧，就在挂在梁上的iPad里放着，父亲时常睡着了，多金一停，父亲手就颤抖，意思是，看着呢。

多金就把自己都逗乐了，父亲的笑牵动五官动起来很困难。

但她知道，他也在寻开心。

一个活生生的人，被困在躯壳里，不能言不能动，还要打心眼里期待着有奇迹发生，这是多困难的一件事情，想起这些来，加上又叫不到车，在医院门前冻得浑身发僵的多金，眼睛里流出两行清泪，泪眼模糊的时候，一辆车停了下来。

有个人喊她，女神。

男同学坐在车里冲她憨笑，如果不是这憨笑，她已经很难分辨了。

她尴尬地坐上副驾驶，男同学已经学会了给她系安全带，他的鼻息里有烟草味儿，侧面看起来坚定刚毅，头发向后梳起来，竟然露出好看的眉骨和鼻梁。

他变了一个人。

他问她目的地在哪里，多金说我回家，你在方便打车的地方放下我就好了。

他说，没人告诉你吗？在北京只要是上了车，不到地方绝对不能下来。

多金觉得他开朗了很多，空气本来是尴尬的，被他很好地调节了，举重若轻。

他们既不讲过去，也没有讲未来，却又讲了很多话，比如刚刚过去的假期旅行，新开的某个京城网红餐厅，新出的苹果手机如何大而不当等。

要下车的时候，多金忍不住问他，你怎么不问我，当时为什么拉黑你？

他笑了，牙齿洁白，他说，长大对我最好的教育就是，不要追问。

多金带着笑走回自己的公寓，倒了一杯酒之后，她发现，有人添加了她的微信。

是他。

但又不是他。

她把这个迷惑讲给对方听，对方说，不是说了嘛，人是会变的。

男人讲了下自己的创业史，讲自己的游戏项目几次三番在鬼门关前打转又如何起死回生回到一线拿到融资获得收购。

在顶级的楼盘里，目前的他也觉得日子有点空洞，若不是刚才去桥下吃烤串儿，怎么也不会想到遇到她。

多金，你呢，你为什么大晚上在医院啊？

多金应付了两句，最后说去看个亲戚。

两个人聊到了十二点，他说，我要睡觉了。

多金说，好吧。又骂自己怎么显得恋恋不舍。

对方说，明天我出差了，回来再说。

多金告诉自己，成熟的男人和女人，是不需要互道晚安的，因为挂掉手机，还有很多需要忙的事情。

之后的五天里，对方鸦雀无声，到第六天的时候，多金忍不住发问说：出差出得不见人了？

两个小时后，男人发来语音说：忙碌中。

再三个小时，已接近深夜，男人说，我在你楼下，就想看你一眼，就不上去了。

多金的心扑通乱跳，脑子里大概回旋了百十个来回怎么回复，但还是稍微收拾了下，下了楼，对方目光很热切，刚从机场赶回来的样子。他看着她说，这几天一直在谈判，紧张得连饭都没吃几口。

多金说那我陪你去吃口饭吧。

立交桥下路边摊旁边停满了豪车，包括男人的这辆，他随意地握着手机，拉开一把小凳子给多金坐，等饺子上桌的时候，露出孩子般的笑容。

可是想了好几天了。

多金颤抖了一下。

男的接着说，这饺子。

当天是个降温日，穿着家居裤的多金被凉风灌到了裤子里，浑身发抖。

男人吃完了才说，走吧，我送你回去。

再帮她系安全带说，你这么冷啊。

到了家门口的时候，多金一路上摇摆的天平终于摆向了一方。她起身的时候说："要不你上楼看看吧。"

男人说，好啊。正好没有去过。

两个心知肚明的人在电梯里，没有声音，这个时候似乎讲什么都会破坏情绪。多说任何一句，都可能将事情导向另外的方向。

迎接他们的当然是干柴烈火，家门开了的时候，男人的手已经揽住了多金的腰，再将她紧紧地扣住，拥入怀中，顺手将门关上。

多金呢喃了一两句，就终于还是放下了，像刚才说出的那句话一样。

他那么怀念她，像失去她多年，熟悉她多年，又留恋她多年。

她没有办法抗拒他，像失而复得了一件丢了后才发现很喜欢的玩具。

多金这个时候非常坚定，认为自己的爱情又回来了。她想买新的床上用品，换新的炉灶，添置更多的锅碗瓢盆，她想应该可以开始重新做饭，健身，熨衬衫，似乎那个最贵的蒸汽熨斗样子很不错。

她在事后淋浴的时候这样想，在自己的脖子上喷了香水，涂了护手霜，仔细检查了下自己的唇膏，唇膏是神器，让人显得很有精神，她对着镜子笑了下，看看自己如何礼貌成熟不露出丝毫的尴尬。

打开门，男人已经不见了。

一张便利贴上写着：我不习惯在别人家睡，就不等你洗完澡了，有机会再见。

便利贴在多金看完以后应声而落，晃晃悠悠地掉落在地板上，像是完成了使命。

地板上还有多金的胸罩和内裤，以及那个松垮的家居裤，许是刚才坐的凳子太脏，家居裤上有个污渍。

多金捡起来，神经质地扔到洗手盆里揉搓，声音太响了，震得耳膜发疼。

她面上的红晕还没有完全褪去，客厅里的交响乐到底在讽刺着什么。

多金把家居裤、床单、被罩统统扔到了垃圾桶里，换新的总要过一遍水吧。就把新床单被罩扔进了洗衣机，洗完烘干。

早上五点，烘干机终于停止运转，多金已经在沙发上睡着了。

多金知道该发什么，成年人说"想你"是冒险的事情，非常冒险。

爱你的人会主动说，不爱你的人绝不会说，你爱的人说了，对方如果回想你，是在热恋吧，对方没有回复，甚至消失了，啊，你懂的。

多金早上醒来的时候，觉得阳光之下并无新事，觉得灵魂孤单，人人都如此，她没有办法谴责男人，因为，他虽然晚到了一些，但其实早在单纯时就对接过她孤独和自私的灵魂。

现在，大家打平了。

XIN HUO

心 火

她受够了被人选择，更加受够了还被找到一些不被选择的理由。

这一年心火过了二十五岁。

青春期肆意又绵长，尤其对待像心火这样的女孩子，她没有按部就班地读个普通大学，然后大四开始实习，经历分手。毕业之后，迅速开始工作，第一年就被追求，然后迅速怀了孕，嫁人，生了个孩子，到春节的时候在亲戚间游走，不由自主地有了妇人气。

以上是平行世界里的心火，是她最不愿意过成的人生的样子。

母亲听她这样描述的时候觉得这种选择更踏实熨帖，不像心火现在，没有着落，大学学了表演，过程中不断有公司要签约，母亲各种盘算合计，最终还是没有签。

和所有追求者一样，经纪公司也很冲动，羞怯，一旦被拒绝，像含羞草般，收起了枝叶。

然后瞬间不见了。

心火知道，每个想控制她的人，自能数落出她一身的毛病。像她妈妈，看着她，没有任何不好意思，说你额头太窄啦，眉目不够深刻，腰的位置再往上三厘米就好，就是完美比例芭比娃娃了，可惜可惜。

心火听着这个长大，有的时候觉得准确，大部分时候觉得厌烦。

事实上，任何关于她长相身段的评判都让她反感，经纪公司让她撩起前额的头发看她五官的时候她内心非常愤怒，但心火是可以克制住的，她笑得甜美，嘴角永远向上，弧度似有设定。

对方不客气地说，就是记忆点的问题，这样一个女孩子，过目就忘。

心火已经在心里掀桌了，但也觉得，自己确实像很多人，被说得都腻了。

最残酷的是，她似乎有每个红了的女星的影子，隔三岔五的，心火的微信里总能有个把人发来贺电，你很像那谁谁啊，准是蹿红的某个，但就不是心火。

心火看着手机想，大家都没有别的可聊吗？而且，说谁像谁，难道不是一件颇为冒犯的事情？

在这个行业里,被人说像谁,是最悲哀的事情。

某些现在的巨星曾经以"小谁谁"出道的,这样的机会已经随着大媒体的消逝而淹没了,剩下的,就是公司与公司的较量,或者命运与命运的较量,看你命里有没有这样的红,禁不禁得住那样的火。

心火被裹挟着,似乎也信了命。因为周边的人真有突然声名鹊起的,红到机场有人接机了,也终于跟心火断了联系。

他也资质平平的,除了够高,别无所长,演技更是稀松,但就这样在眼前红了。心火看着他的微博想,这是为什么呢?大概是命。

这天心火就去算了命,老师在某个茶餐厅里,你可以先约老师,再到这里吃饭,但吃饭归吃饭,老师会不会出现看缘分。

心火点了个老鸭汤,等着老师降临的缘分,越厉害的老师越少言,越难约,越不谈钱。

老鸭汤喝了一半,对面缓缓坐下一个女人,看了心火的脸,又拿出她的八字,在喝掉一杯茶之后,老师说,等着吧。心火说,等什么?

老师不语,稍后才说,家里东南方养一缸鱼,到2019年年末,不死不伤,定有希望。

心火在出租屋里打转,主要是想找到东南方。

这楼盘盖得怪,塔楼,窗户有四个,床因为买大了,放在转角里，空出一个位置，上边有个小窗户，看出去，恰是东三环的一角，心火跪在茶几上看着，也不确定，到底是东三环还是北三环。

心火只能叫了小怪来帮忙。

小怪这个时候才出场，自然不算是心火的男主角，也不是任何人的男主角。他只是个小剧社的男主角，大学毕业就来了北京，一演就是四年。

前三年，都演边角料，负责在黑漆漆的幕布下，摆出各种奇怪的肢体动作，有时候有点光，照亮他煞白的小脸，有时候没有光，就为观众贡献剪影。下来还在和其他剪影对戏，感觉颇有追求。

剪影，形式感，莫名其妙哼哼唧唧的音乐，小剧场里空气黏稠糜烂，男女主角的情感和扭曲的身形，以及复杂的台词一样痛苦，但这些，恰是文艺青年们的最爱，提供给他们大量的生态叙事，也为他们的感情做高于生活的梳理。

小怪的剪影瘦长，肩膀宽，后来演了男主角。穿白衬衫，肩膀虚空，领口开大些，是单薄的胸部，胸口垂着一个骨质的项链，黑色的线绳。

他在光柱下眉毛深蹙，台词讲得铿锵有力，和身形并不搭配。

但小怪有让姑娘们流泪的能力，白衣少年，瘦小枯干，像你不会爱,但爱你可以,让你心碎的那种,让人想起年轻的时候,不爱自己的,自己努力奔向对方,爱自己的,又让自己觉得味同嚼蜡。

那日心火在台下看他的演出,他在一架悬于半空的床上,让心火担心,摔下来可就废了。

心火一直担心他在台上摔死,他瘦骨伶仃的,落地肯定先被折断,再破碎,但这一幕没有发生。

心火厌倦了别人在剧场里流泪,看剧看电影看书她铁石心肠,演哭戏她可以瞬间落泪,但套路的剧情她早已免疫。

话剧场里大多是被辜负的深情,心火早跨过这一关了,你不爱我,我不爱你就是了,我在这里挣扎,黑暗里抱怨,夜里苦苦等待,只会显得我琐碎无能。

心火这样想着,觉得更加饿了,散场后在椅子上呆坐了一会儿,就到剧场楼下的面馆里吃面,然后小怪就出现了,找不到可以放面的地方,端在手里又很烫,嘴上吸溜吸溜的,心火看着他立刻腾出了一碗面的位置。

小怪就这样把面放下了,还穿着白衬衫,白衬衫没有剧场里那么白,他卸了妆,眼圈略黑一些,但鼻梁依旧挺直,笑起来,恢复了少年的模样。

她说,你好。

对方说,好。好烫。

此时，小怪用脑门儿顶着窗户玻璃向下看，用来判断到底这是东三环还是北三环，他觉得也有点困惑，北京的地名奇怪得让人昏厥，比如东三环北路或者北三环东路，真是可怕，心火！原来你住在了交界处耶！

心火自认为一路向东的，其实在这里拐弯，向了南。

拿出手机，暂时确定了东南方，在床边上，小怪拿出心火的洗脚盆，说我先用这个晒点水。

心火那一刻微微感动了，小怪的头发比原来更长些，在太阳下显出一点棕黄色。

小怪跟心火去了花卉市场，买了鱼和鱼缸，再买一个博古架，用来放鱼缸。

回到家里，一切弄好，心火坐在地板上，看着鱼，说，我真是，觉得跟它们无法交流。小怪靠着窗，自顾自地抽烟，眼神有点迷离，说，以后，就得护着它们了。

心火那一刻，觉得自己恋爱了，想想，阳光下，两个人，说说话，不孤单。

窗外的三环车流永不止息，更显得人很孤独。

小怪的手快要碰到心火的肩膀了，心火说，走吧，我们去吃火锅。

当晚，心火有点失眠，看着鱼大口大口地在水中呼吸，又定睛地看着她。

她给小怪发微信说:"它们什么时候睡觉啊?"

小怪说,随时都在睡觉啊。

又发来一条说,我喜欢你。

心火把手机放在胸口处,耳边是雷声一样巨大的心跳声。她觉得自己谈恋爱无可无不可的,就像红不红无可无不可的,有人喜欢无可无不可的,她受够了被人选择,更加受够了还被找到一些不被选择的理由。

所以今天,在花鸟鱼市场,小怪在挑选鱼,她说,就随便选吧,我觉得每一个都差不多,鱼有什么好看难看的。

鱼带来了好运气,心火是这么认为的,不光带来了小怪的表白,还包括,她接到了某个节目的邀请,要去南方的某个城市,做封闭式的拍摄。

这个是在小怪表白之后的,久未露面的经纪人突然出现了,然后发给她一个机票信息,告诉她明天在T2航站楼见面。

小怪接到了心火的语音,心火说,果然很灵验,明天我就去录节目了。

然后发来了几个表情,足以覆盖掉刚才小怪的深情表白。

小怪说,那鱼我来照顾吧。

心火说好,那你睡觉吧。

心火登机前,看到了拿着咖啡跑来的小怪。他的头发翘起了一撮,让心火笑个不停,他不好意思地用手来调整,心火用手帮他按住了，像抚慰一个有伤口的人。

然后经纪人来催，让她戴上黑色的口罩。

小怪在安检外抱了抱她，觉得她瘦，小怪说，你多吃点，去了封闭之前，给我发个微信。

心火有一刻的忧伤，但也觉得这忧伤无可无不可，她抬头看小怪说，我又不是不回来，只是三个月而已。

过了安检，经纪人跟心火说，搂搂抱抱的，像什么样子。

心火辩解，我们是好朋友。

经纪人说，好朋友起床送机？

心火在路上，觉得自己虚空，到了影棚，没有来得及发微信，手机就被收走了。

鱼怎么样？小怪怎么样？心火在封闭营里像被切断了手臂，无法移动。每日的排练学习比拼榨干了她的体力，到了晚上又无法入睡。

小城的夜非常静，静到她可以听到隔壁房间的姑娘，已经窸窸窣窣地起床，认真地洗脸，再到阳台上吐纳呼吸，练晨功。

她排名第一，这是应该的，谁都喜欢这样的，高挑自信专业第一永不掉队。

心火是反面典型，记不住台词，讲话直愣愣的，和选手管理组的人永远都在争辩，每个行动都要追问为什么这么做。导演后来急了说，为了节目好看！

心火第一周排名三十开外，位置岌岌可危。

心火没有办法和外边取得联系，突然理解了鱼缸里的鱼，怒目圆睁，随时醒着，又随时假装睡着。

小怪也找不到心火，她像直接融入天空，再也没有声息。

小怪不演出的时候，就去心火家里。

门垫下有把钥匙，他开门进屋，给鱼喂食，鱼死了一拨，他再把盆里放满水，晒了，买了新的回来，新的鱼瞪着眼睛看他，他其实也分辨不出，到底哪个是新的，哪个是旧的，除了迁居时刻的慌乱，它们几乎没有情绪。

小怪也没有情绪，他是在哪一刻被触发了开关？

他已经很久没有这么热烈地爱上过一个姑娘，用"姑娘"叫心火，都觉得是种亵渎，应该叫作"爱人"的，或者叫作"神"。

朋友看着心火的照片说，毫无特点啊，冷静地告诉他，只是恋情作祟，小怪说我知道啊，但我就觉得很好啊。

心火的房间有一股香气，不是脂粉香，也不是化学的那种香水味，心火从来不用香水，皂类夹杂着别的什么，难以名状。

小怪在她的沙发上待着，看阳光很快地闯进屋，又恋恋不舍地移动，照过鱼缸的时候，天花板上就有几条鱼的阴影，漫无目的。

沙发上有个像熊又像猪的玩偶，小怪把鼻子陷进去，想着她，在心火消失之后，这份想念才拉了弦，继而发出轰鸣之声，在他体内萦绕着。

到了要去演出的时间,小怪把房间恢复到正常样子,跟鱼说再见。

剧场里,他似乎在演技上迈向了另一个台阶,今天的观众聪明,知道在什么地方鼓掌,今天的观众没有人睡去,但也许他们中的某些也像鱼一样,看似醒着,实则睡着,但小怪能感受到和观众的共鸣,就是你爱一个人,但对方沉默不语时,你内心荒芜着,纠结着,心慌意乱着,说着妈的,还不如不爱上你呢,不爱的时候日子多么平静。

心火在封闭的房间里哭了一场,导演组的人在此前跟她说了,你要么好好表现,要么就退出,你们作为新人,又在这个行业,最忌讳的是什么?是羞涩,你对自己的目标不好意思,不想拿第一,不如回家找个别的工作吧。

心火哭着跑回宿舍,开错了门,闯进了隔壁女孩的房间,对方惊慌地抬起头来,手里的手机来不及收,心火说原来你们都没有交手机啊。

对方脸上挂着一种奇怪的笑意,说,交了啊,这个是新买的。所有人都有,你没有?

心火回到房间,觉得自己痴傻,不仅没有比好赛,也没有交到朋友。做这个行业,应该处处都有好朋友的,哪怕是嘴上的。

而现在,她想买个手机,都不知道从哪里问到渠道,更可怕的是，这一个月接触下来，她似乎只有讨厌的人，没有喜欢的人，更可怕的是，也没有人喜欢她。

谁会喜欢她呢？她这个差生代表。

差生代表心火晚上翻了围墙出去，步行十公里找到了一个手机营业厅，买了新的手机新的卡，登上微信看到了小怪发来的消息，除了他，没有别人。小怪说，你在干什么？你手机被收了吧。鱼很好，看起来，它们很旺你啊。

然后是鱼的照片，各种形态的，但其实并无不同，它们扭曲在水里，像被囚禁在一种空间之中，如同现在的心火。

心火跟小怪说，我有了手机了。

当晚他们聊到了夜里三点，小怪说，很想跟你说话，可你每天要排练，那么忙，你现在赶紧去睡。

心火说，好的，那你也去休息，最近演出紧张吗？

这样一个问句，两个人又聊了很久，直到隔壁的女孩开始起来练晨功。

当天又一次排位赛，有人嘤嘤地哭着被淘汰了，最后的感言是不管现在走到什么位置，还要继续自己的梦想，现场的人都很感动，尤其是背景音乐也在此刻发挥了作用，连心火都觉得自己要哭了，因为看起来，那个选手在这里真的收获了友情。

心火是今天险些被淘汰的最后一名，在和这位哭泣选手的对决中，她以微弱的优势留了下来。

晚上的聚餐大家送别了哭泣的这位，顺带把送别的不满，全部留给了留下的心火。他们鼓励哭泣的这位说，有的时候运气就是这么怪，命运没准就是故意的。

心火离开了餐厅回到自己的宿舍。她跟小怪说，我得好好比赛了，我现在心烦意乱，我们不要联系了。

小怪说，不是说我这个周末去给你放烟花吗？我知道你封闭着我看不到你，但你看到烟花，就能看到我了。

心火说，你说什么傻话啊，我不说了，我要好好练习了。

心火关掉了手机，开始认真准备明天的表演，今天的一战，反而激发了她的斗志，无可无不可的人生里，多了一点想要的东西，就是，战胜那些虚情假意的人。

小怪结束了当晚的演出已经近十一点了，怕第二天早班的动车赶不上，当夜就没有睡觉，他到心火的房间里看鱼，又在沙发上安排明天的行程，那个南方城市的哥们儿说，你要这么浪漫吗？但还是帮他买了烟花。

第二天，小怪上了动车，发现罕见的——动车延误了半个小时，小怪精心计划的时间往后拖延了半个小时，但这是致命的，因为晚上九点，心火他们要进行下一期的录制。

而之前，他定的是八点半到那里，放完烟花，恰好九点。

在动车上，小怪接到了剧团的通知，说今晚导演要跟你们开新剧目的筹备会，导演说了，必须参加，不能请假。

087

小怪想起了鱼,像被固定在水里的鱼,艰难呼吸眼珠憋涨。他在动车里说:"开你大爷的开,老子辞职了。"

小怪于晚上八点五十五分到达,哥们儿载着他和烟花片刻不敢喘息。

他们下车布置好烟花点,一个保安已经盯上了他们,在远方大喊,你们在干吗?

小怪不说话,掏出打火机点着了它们。

保安向这边跑来了,小怪看到心火宿舍的窗户里有灯光。

烟花燃尽用时四分钟,各种样式花色,在大概二十五米的空中绽放,推开窗户,心火看到了烟花,空寂的夜空中显得孤单,但真的是烟花。

导演组在楼下大喊赶紧下楼了,然后回头说,谁在放烟花。

心火看着烟花眼泪都要下来了,在阳台上喊:"你个王八蛋,谁让你来了。你出来让我看你一眼。"

小怪低着头,和哥们儿钻进车里扬长而去,保安气喘吁吁追到现场,停下来,看着烟花次第升入空中。

空气中带着一些焦煳味儿,小怪身上也有,车缓缓压过并不平整的路面,哥们儿看着疲惫的小怪说,你感觉怎样?

小怪说,有一种知道什么是爱的感觉了。好多年没有过了。

哥们儿捶了他一拳,哈哈大笑。

心火在当晚表现得非常优秀,导师说你突然有了信念感,像灵魂突然被塑造了一样。

心火说，因为我养了一缸风水鱼，养在我家的东南方。

而且，我知道被人珍惜是什么感觉，我说的不是为了我放烟花。

ZHI NAN

知 男

少女时代就是这样的,发现时已经不在,挽留时已经来不及辞行。

知男从小就被当男孩子养。

　　香港的记忆留在五岁之前，后来父亲生意破产了，和母亲分开，母亲是台湾人，返回台湾，父亲回到厦门，发誓再不入港。

　　知男在厦门读到高中，就想着还是回香港吧。

　　父亲说，你自己决定。

　　父亲就是这样的，五岁那年，天降大雨。

　　下雨前，邻居夸她漂亮，她分外开心，摘邻居阿伯的指甲花染了指甲，再涂了脸蛋儿，等父亲下班，让他看。

　　他发怒，把她推出屋，大雨已经下起来了，电闪雷鸣的，父亲隔着纱窗，跟她说，漂亮没有用，独立最重要，你要学会独立。

父亲是这样教的，但他自己没有做到，当年冬天离开香港，只带了两个箱子，房子卖掉，折了九成给知男妈妈，剩下的，给自己和知男买了票，状如丧家之犬。

知男多年后依然记得，坐大巴离开，伏在父亲腿上闹脾气。因为中秋到了，她想吃双蛋黄的月饼，父亲答应了，但空手回来，拿着地契，追问了下，便被揍了，说，就知道吃。

她屁股生疼，昏昏欲睡，看着楼群依次向后，心里还是念着月饼。

后来她翻看父亲手里的机票，被打开了手，她没话找话，日后知道那是讨好他，问："爸爸，那边有月饼可以吃吗？"

父亲没有回答。

后来，她睡着了，梦里，感觉父亲的大手，摩挲着轻轻拍她的后背，有什么水滴般的东西掉在她的额头上。

长大后，她赚第一笔钱，带父亲下馆子，问，当年你是不是哭了？

父亲已经瘦得像把弯刀，长年抽烟，牙齿边缘黑黄。

他咧嘴笑了，说，哭什么哭，哭最没有用。你要记住。

父亲让她记住的话太多，简直像人生的座右铭随身包，在她高中毕业时负气离开厦门回香港时，父亲说，你要记住，你自己不闯出个世界，就别回来了。

她拉着小轮车一个，上边有自己的被褥，过海关时没有回头，她早就学会了不掉泪。

少女时代在厦门时，她头发极短，普通话依旧很差，因为不怎么说话。讲话之前，先用粤语思考，说出口的时候再变成普通话，显得蹩脚。

没人夸她漂亮，她也硬生生忘了这件事，只是脖颈白皙，那个男孩说，你好像跳芭蕾的哦。

她连笑都没笑下，父亲说了，你要记住，不要听男人的第一句，要听第二句，第三句，如果可以，只看行动，莫听他们讲什么。

男孩再也没有行动，高考放榜了，两人校门口遇见，男生过了一个暑假，肩膀变得更宽，皮肤黝黑。

他说，你考上大学了吗？

她说，没有。

他说，你头发留长了好看。

她转身走开了，那一刻，她想着，对方是不是可以叫住她。

第一次，她有了一种懵懵懂懂的思念，在心里发了芽一般的，这个夏天很热。

对方大概很久才离开，她转过街角，偷着回头看一眼，男孩像被定住了。大夏天的，他穿着天蓝色T恤，汗水从脖子流下，湿到小腹。

她离开厦门时，去了一趟游泳馆，票价六块钱，她卖了父亲的啤酒瓶，觉得清算了整个暑假，她要做一件自己最想做的事情，在离开之前。

她换了泳衣，勒得自己喘不过气来，这个暑假，她也在疯长。

买了个冰激凌，把脚泡在水里，来回地蹬。

男生被另一个鹅黄色的比基尼拦住了，她的头发好长，泳衣非常合体，身体白得发光。她和他低声说话，脖子才是真的像跳芭蕾的那样，美好的，顾盼都可入画。

他并没有感兴趣，脸色是冷冷的。

她有点高兴，用浴巾裹住头。

男生跳下泳池，四下无人一般的，变换着各种姿势，蛙泳一个来回，再换回蝶泳，再换回自由泳。姿势标准，像为了冲线，他戴了泳镜，鼻尖吐着泡泡，眼睛被遮住了，下半张脸就不显得孩子气，反而有点坚毅。他的脚在水面打出好看的水花，像海豚一般迅速且欢快。

她这样看着他，冰激凌在手里融化了，有点儿黏黏的，让她觉得不舒服。

男生终于停下来，在水面露出宽阔的肩膀，肌肉结实，发出光来，他用手撩头发，摘掉泳镜，四顾了下，看见，一个人翻落到水里去了。

知男潜在水底，泳池的声音立刻被关掉了，水下睁开眼睛，她的小腹在水中如电波一般，发出呼吸的鼓动。

心跳声如此之大，觉得他立刻就可以听到，知男脸上微微发烫，呼应水面上投下来的阳光。

她慌乱地站起，背对着泳池上来，裹上浴巾。

知男。

她听到他的声音，再熟悉不过了，听过无数次。

她不得不回头，假装好奇地看过去，男生露出笑容，看她的眼睛说："你明天还来吗？"

她慌乱了，说，来。我走了，再见。

为什么要骗他？

心跳的原因。

心跳平静的时候，她知道，自己的少女时代，就这样结束了。

少女时代就是这样的，发现时已经不在，挽留时已经来不及辞行。

后来她才明白这个道理。

出关的时候，知男长舒了一口气。

香港当日阴，天气闷且潮热，整个明朗的夏天还有他，都被放在了另外一边。

十年过后，知男是行业明星，是最美电工。她像个符号，美好坚定，和她的身材一样，在北角街头，汗水齐飞的暑热天气里，她穿着吊带衫，工装短裤，脚上的鞋子里嵌入铁板，一步步走得异常坚定。

媒体蚊蝇一般，让街市更加热闹，她如同新上岸的鱼，鳞片闪着光，问她一切问题，跟随她进入大货车的驾驶舱，老板阿飞叼着烟卷，身上的肌肉就是好的衣裳，黝黑发亮。像……十五年前那个水中的少年。

她偶尔会走下神，但后来就迅速忘了。

她当过前台，做过文员，在餐厅打过工，也做过后半夜的看更，杂工行做得最久，她不去健身房，身体却被工作雕刻了出来，玲珑坚硬，每一块肌肉都恰到好处。

有媒体艳羡说，身材好好啊。

她心里皱眉，嘴上笑。

想，你每天攀上攀下，做工程，搬红糖淡奶橄榄油，十年下来，也会如此。

但这些话，大可不用对人讲。

你想过改变自己的命运吗？

她答非所问，说，有汗出，有粮出。

媒体问，这是你的座右铭吗？

她点头，心中暗笑，人活着，可不是这么简单。

什么是苦？这个问题不难，但她思考了很久，她说，想动不能动的人最苦。

楼上的阿伯，有四处房产放租，家里儿女三个，没有一个人能陪他。他有钱，也不轻易花一分，电梯里碰到她，就笑意堆满了脸,关心塞满了褶子,说,要多吃蔬菜。

阿伯,你下楼干什么?

透透气。

她在门口等巴士,阿伯到烟灰桶那里站定了,双手锁住栏杆。

巴士往前走的时候,看到阿伯在烟灰桶里翻烟头,略长的,被他重新点燃了,再抽过。

她背着自己的双肩背包,非常沉,里边有钳子扳手电容笔,以备不时之需。

纸巾擦汗,卫生巾应不时之需,昨天新买的柳橙,硬硬的四个,要背一背才会更软,糖果有一包,巧克力容易化掉,但也不得不背着,苏打饼干很容易碎,但总好过没有。

很少被人看到,只有一次,心慌气短的,实在做不动了,把自己关在洗手间里坐下,打开饼干吃,窸窸窣窣的,像只仓鼠,但实在是饿了。

门被推开的时候,一个女生看着她,她抬起头来,眼神不卑不亢,女生穿西服套装,短裙,垫肩处空落落的,妆面精致,眼睛瞪得好大,忙跟她说不好意思。

她嘴里有饼干,又咽不下去,只好摆手含混地说,没事啦。

她冷着脸出来,电话嗡嗡作响,父亲每个月这个时候来电,比房东准时,她按掉了,发了个信息说,今天夜里打钱给你。

出来洗手的时候,发现洗手池那里有瓶水,冰凉的,透出雾气。

人真是自作多情,她想起刚才女生的细腰,把饮料扔到垃圾桶里,发出咣当的一声。

然后又打开包,把给阿伯买的香烟一并扔进去。

谁要谁的可怜呢?

她就是这样的,时而似火,时而似冰,别人搞不懂她,她也再不用任何人在意。

那间大厦里,有一个男人,戴眼镜,头发很多,垂在额前。香港男人不进步的,只有两种类型,要么英式的衬衫,要么很垮的,潮流装扮,天气不容许人们在室外待太久,衬衫男们瘦小不堪,躲开她,西装拿在手里,这个男人不会,每次都很礼貌,有时,还帮她扶下扶手。

他看起来不到三十岁,面部保养得宜,皮肤很细,鼻尖像被雕刻过的,小巧且有硬度。她为自己细微的观察感到沮丧,脸红这件事儿,早已随着长大消失不见了,而见过更多的媒体之后,发现故事是可以有套路的。

她的故事也是。

男人在她坐路边喝水的时候坐下来,点了一根烟抽。

她觉得套路的话可以再说一次了。

男人却什么也没有问,抽完烟说,天气太热了。

然后走了。

第二日还是同样时间,她坐在那里,男人又出现了,再抽一根烟。

然后这次什么都没有说。

她吃包里的巧克力,自言自语说,怎么变白了?

男人说,太热吧。

她示意他,说,你吃一颗。

男人拿了一颗巧克力,放入嘴里,吃掉了,皱了一下眉。

她说,不好吃吗?

男人龇牙对她笑了下,我小时候爱玩这个游戏,把巧克力融化了,用舌头涂满牙齿,你看,像不像一个老人。

男人整齐的牙齿,被巧克力涂得像个黑洞。

他的嘴唇上下一样厚实,均匀,像永远都有疑问。

她在街头大笑,也试着这样。

多久了?像孩子一样的笑?

她不敢面对自己的麻木,大多数问题问一半立刻放下,每天回到家里倒头便睡,次日冲个澡再重新站起来。

次日楼上阿伯叫了救护车,她下楼的时候他正被担架抬出,他平躺着露出奇怪的笑容,手在担架之外,有节奏地痉挛着。

那日之后阿伯再也没有站起来,他也不可能自己下楼找烟屁股抽。

第三日楼上开始大兴土木，本来不大的房间再次被隔成更小，那个人应该是阿伯的三女儿，看到她好奇张望就说，谢谢你之前有关注我父亲啊。

他去你那里住了吗？

没有，送到养老院了，那里好像更方便一些。

她回到自己的房间，用力地剁菜，然后煮了一碗面给自己。

当晚，她拨通了父亲的电话，她说你自己不要再喝酒了，别瞎折腾，之后我只管你的房租，保姆的钱我单独打给她让她买菜烧饭，酒钱你别指望了，我……绝对不给你多寄一分钱。

之后眼镜男再也没有出现过，像人间蒸发了一样，她坐在那里吃巧克力，偶尔抽烟。

更累的时候，就坐巴士五站地，到海边待一会儿，她头很小，身材标致，那些在入夜前夕阳下奔跑的上班族，大汗淋漓气喘吁吁，都不如她身材标准，她看着海，对面有几百栋楼在建，她想起一个记者问她说，你有多少存款啊？

她说，几千块吧。

三十岁就要来了。你谈过恋爱吗？

这个问题过于私隐，但我可以告诉你。

眼镜男这次在海边出现了，她没有表达她的惊喜，父亲说的话依然言犹在耳，他说，你要记住，男人嘛，你不要表露惊喜。

"我来香港之后住在姑妈家，我打工交家用，姑妈说先住着安顿下。

"后来,就说表哥要回来,要住我这个房间,我说那我搬出去吧,姑妈说,不用那么着急了。

"但我第二天就搬了,没有地方住,我就住在货车里,里边有个单人床,夏天里边像个蒸笼一样,我就打开货柜的门。

"那是最苦的日子了。

"后来我认识了一个男生,他说,我喜欢你的样子。我说,哦。

"他说,我可以跟你交往吗?我说半年之后吧。

"我算了算,按照当时的收入,我半年才可以租得起房子。

"后来我终于有了一个那种小单间,公用的浴室,洗完澡要快点跑回去。

"他说你不用这么辛苦的,你可以住在我家。

"他家有个姐姐,有妈妈,三个人都不上班,靠生活补贴过活,姐姐和妈妈天天打麻将,看我住进来也没有什么诧异的,只是跟我说,家用还是要交的,我那个时候开始做杂工,收入稳定,我问男生说你怎么不上班呢,他说刚刚辞职了。

"半年又半年,他也没有复工的迹象,有天早上我看桌上有张表格,是张智力缺陷生活补贴的表格,我叫醒他说,你有手有脚的,为什么要填这个?

"他说,生活逼我这样的,我不觉得有什么。

"我说，我觉得有。

"他说，你这个人就是这样，永远不会迂回。

"对，我说，人生就是没有近路的。"

她跟眼镜男讲完了自己的故事，然后看着他说，我就是这样的，我不喜欢我爸，可我爸虽然什么都做不到，却把所有的正确告诉了我。

眼镜男眼睛亮亮的，看着她，眼里有柔情之类的东西，她看懂了，但她觉得自己很臭，今天热出了很多汗。

眼镜男说，明天你还来吗？

她垂下眼睛，看到他出了汗，衬衫领口下边，有块湿了的痕迹，像自己十四岁的时候，学校门口，那个男孩流的汗一样的痕迹。

她说，今天，我先走了。再见。

第二天，她请假，没有工作，洗了几次澡，躺在小房间里无所事事。

到了时间，去了海边，周边还是跑步的人。

但眼镜男，没有出现。

波浪永不止息，拍打堤坝，可她今天香香的，真的很香。

08

YOU RONG

有 容

人世间大部分可见的骄傲，竟然都是带着点自卑的。

你精心摆了八年的多米诺骨牌，愿意对方推倒第一块还是自己推倒？

有容今年二十九岁，名字容易让男人想起下两个字，然后看着她吃吃地笑。让他们遗憾的是，虽然性格热烈，有容却胸脯扁平，小脸，化上妆却很精致。

但她知道，卸了妆自己皮肤一般，五官不立体，若是再不弄头发，立刻平凡得……扔到人堆里就看不见。

二十岁前，有容都在和自己的平凡和自卑作战。

战斗的方法是：少主动说话，不怎么大口吃饭，尽量保持被动，别人不请的时候不主动出现，莫名其妙的骄傲。这方法奏效了，有容长大后就显得更冷了，让人觉得，这个姑娘不那么好接触。

她自己知道，跟别人聊起来，总说，我以为你不喜欢我。

人世间大部分可见的骄傲，竟然都是带着点自卑的。

有容知道自己何时何地把骄傲全都放下了，就是从认识小生开始。小生的确像个小生的样子，老戏里的那种，面庞白皙，眉眼里都是风。

小生有个梦想，说起来就眼睛发亮。

有容喜欢这双黑眼睛，对它发亮就更没有抵抗力。二十一岁的时候看到它发亮，觉得自己纠正了很多年的自卑又回来了，好在已经长到足够大了，能够对自卑守口如瓶。

有容在黑眼睛的对面，说，我喜欢你。

有容开始了对小生梦想的无限支持。八年间，小生进修了，小生毕业了，小生开始演戏了，小生觉得剧组生活不适合他，小生又说出国学习了，小生说国外生活好清苦了。

有容听着这些安慰着这些，自己一直在上班赚钱，因为她觉得，钱可以解决很多问题。

有容有时候想跟小生说，你得适应，不然你怎么能够无限接近你的梦想啊。

这是她在职场生活中获得的。可小生不上班，也不能上班，有容觉得小生黑眼睛里的光不能熄灭。至少，不能让世俗浇熄了，更不能让上班给浇熄了。

一想到他英挺的鼻子和黑眼睛要浸泡到世间的俗常里,有容就替他觉得窒息。

她爱他,现在想起来,这是怎样的爱啊?就是小心翼翼地摆多米诺骨牌的那种爱,那种煎熬,那种去掉穷尽之心的,暂时没有收获支出概念的爱。

那是他在加拿大的时候,她困得要死了,非要等到一声晚安才可安睡的日日夜夜。

有容常被人问起,你和小生怎么着啊?

肯定是问结婚之类的。

有容的笑声先出来,说,着什么急啊,反正我还年轻呢,他比我大,还能跑了不成。

他还真是跑了,在他次日生日这天。

有容体会了那么多年的惴惴不安,在这一天达到了极致。

那天,有容回到家,忙完手头的工作,等着他回来。他从加拿大回来后,一直没有工作,偶尔演一些戏,也是小小的剧场实验性的那种。

有容觉得,总好过人在国外,看不见摸不着的。

她记得那些痛苦的彼此见不到的时间,她痛经时辗转在床上的瞬间,腹部冰冷,手脚却在出汗,电视也看不进去,她发微信说,我好难受啊小生。

小生说,喝热水,我睡觉了。

她懂他的郁闷之处，是那种为什么我时时处处都不顺利的郁闷，可她其实也明白他理解的不顺，他占尽了人生的便宜，家世不错，被父母家人隔壁邻居老师同学宠爱，怎么受得了不被看见，可在加拿大，就是不被看见。

有容一直憋着一句话：这他妈的是你自己选的啊。

如果可以，还可以附赠一个大嘴巴。

但她大多数时候恨不起来他，就像无法停止爱他。

最后把这句"他妈的"送给了自己。

即便他回到国内，经还是得自己痛，这句式说起来多好笑，可这就是现实。

有容父母早就离了婚，虽然笑得开朗，心里也觉得自己和其他孩子无异，但有容心里知道，自己是渴望男人爱的。

可男人的爱到底是什么，她并不知道，反正经要自己痛。

她这天很难受，工作只能照做不误，职场就是这样的，说你今天不舒服啊，也只是做做样子理解你。

有容上班后才知道，对女人来月经这件事儿，最优待的竟然是上学时候的体育老师，可以不出早操不去课间操，长大之后，连你的男人都不理解你。

其实卫生巾企业也不理解你，它们还刻意塑造，女人那几天，穿着高跟鞋意气风发，你他妈的是卫生巾还是止疼片？

小生就是没有回来。

十二点的时候,她给他发了微信说生日快乐。

蛋糕在一点点地化掉。

有容觉得自己不该买冰激凌蛋糕,还什么草莓的,看看现在!血泪模糊的!

反正他就是没有回来。

边疼边等,让疼更疼了,也让等更难耐了些。

她的火,从腹部盘旋,再上升到脖颈到脑门,最后停在了左侧,一跳一跳的,随着心跳将全身撕裂。

她想起他几次不回来的经历,心里有点起疑,理由都是排练什么的,回来也确实精疲力竭,洗个澡倒头就睡。赶上那段时间自己是真忙,也就没当回事,今天想起来,难道不是生日前夜最重要?

你,难道,不想,和我,一起,过生日?

这几个字,是这样钝钝地砸在脑中的,让头好疼。

有容八年的怒火,就这样被点燃了。

凌晨三点,有容终于炸裂开来,站起身,攥着手机,在屋子里打转。

朋友圈里大家都睡了,最后一条的更新发表于四十分钟之前。

屋子里极其安静,有容等着小生回来,又怕他立刻回来,她需要一些时间整理思路,怎么开口说第一句话。

小生推门进来的时候，已经是早上七点。

蛋糕流了一茶几，这让他觉得愤怒，他是那种需要井井有条的星座，即便自己乱七八糟，但他希望，别人井井有条，不要影响到他。

他对着有容说，我们分手吧。

有容准备了一夜的词，在这里就被堵住了。

这是他第多少次反客为主？

爱里弱势的一方，永远轮不到讲道理，更别说谈条件。

有容不争气地哭了，那状态像极了抱着对方的大腿说你别走，说出来的话她自己都觉得羞耻，她说，分也行，你只要告诉我，你昨天晚上跟谁一起过的？

对方皱着眉，眼睛里没有光，他说，谁也没有，我自己一个人，想安静一下。

这个被爱了八年的人，此时非常冷静，他说，我今天就搬出去了。

有容想起，自己和他在一起也是在他生日这天。

那时他更年轻些，手臂有力，和他的脸不相称，他抱起她用力地吻她，呼吸声清晰可闻，现在想起来，八年真快，连有容这么耐得住寂寞的心，都被耗尽熬干了。

你还真是个井井有条的星座，连相爱和分手都要凑个整。

有容说，那你住哪里？

对方说，我租了房子。

有容低估了他。

原来，在加拿大的时间让他学会看地图，学会了租房子，学会了如何在生日的时候说分手。

他转过身，收拾东西，没有再说话。

他肩膀依旧平直，向下看，是好看的脊背，他穿着一条短裤，露出好看的小腿。

母亲的电话此时响起，比平时早了两个小时，平时是十点，此时是八点。

她们俩每天通一个电话，母亲知道有容爱睡懒觉，说些有的没的，方便她醒了去上班。

她接起电话说，妈。

那边迟疑了一下。

有容问，怎么今天起这么早？

那边继续迟疑说，你醒了？

她说，嗯，眼泪就要往下掉，但声音得保持欢快，说，今天上午要提案。

母亲说，我在医院。

赶往医院的时候有容痛哭。

母亲瞒了她三个月，终于在这个早上告诉了她。

小生瞒了她三个月，也在这个早上告诉了她。

这个早上真值得被铭记于心。

可有容很生气啊，怎么对我这么重要的事情，发生在另一个跟自己分手的人的生日边上？

母亲是乳腺癌，也是在这时，她才突然感觉到父亲的存在，那个已经远离了自己很多年的人，此刻在母亲的身边，忙前忙后，最后，把一张卡给她，说，这个，给你妈治病，有容啊，你要长大了。

母亲进手术室的时候，她陪着她爸在医院外边抽烟。

她问了个傻问题，就是，爸，你爱过我妈吗？

父亲沉默了下，说，当然。

那后来呢？

父亲说，后来不爱了啊。

那现在呢？

父亲说，现在，是个亲人，爱过的亲人。

她点头，觉得，这个父亲，挺棒的。

母亲被推出手术室的时候，觉得整个人被放了气，面部都有点模糊，像累了六十年后，终于可以休息一下的人，闭着眼睛，整个人看起来古怪又陌生。

有容攥住她的手。

然后收到了小生的微信，小生说，我搬完了，你刚才急匆匆地干什么去？

有容没有回,八年里,从来没有过的情况。

从来没有过的情况,还在持续发生,有容辞了职,安心陪母亲,仔细算每一分钱,计划好开支。

有容觉得自己前边赊了的账,现在要一起还回去了,自以为心安理得可以安睡的生活,将伴着头疼和如履薄冰的日子囫囵吞下。

还谈爱?开什么玩笑?

小生这个人,连着八年恋爱一起消失了,像不曾发生一样。

有容的多米诺骨牌,被推倒了第一块,现在,正在一路,倒向未认识小生的那一刻。

其间,小生找过她两次。

一次,是去以前的房子拿一个笔记本。

另一次,是找她去营业厅把手机解绑。

从卡到人,小生可以不再和有容绑定,独立了。

她想起,自己加班时,小生在家,她在公司,她用外卖软件帮小生订餐。

小生懒,懒到懒得想吃什么,因为懒得想,所以也懒得吃饭。

她说,你总得吃饭啊。

小生说,我选择恐惧症啊。

她就笑,说,这有什么恐怖的,我帮你点吧。

考虑季节性,考虑蔬菜品类,要有肉和鱼,外卖虽然送到家的时候都一个味道，可营养应该不能差，你还要排练啊。

手机解绑完了，有容跟小生一起喝咖啡，小生去上厕所，把手机放在那里。

手机亮了下，她就拿起来看一眼，没有丝毫羞耻感，顺势点开了外卖软件，独立的小生，应该学会怎么吃饭了吧。

然后她就看见，常用地址有两个，两个不同的小区，不同的门牌号。

两餐相邻，只有三分钟。

再查下打车软件，生日那天，他几点去了那儿，又几点从那里离开。

小生不仅学会了独立，还学会了照顾别人哦。她言传身教，把小生培养成了另一个自己。

原来，一个人的爱，是不用学的，只要发自本心。

她把小生的手机放回去，不露声色。她变得坚强了，母亲这一病，让她清醒了。小生和她的手机解绑了，解绑的那一刻，她卸下了一身重担。

母亲渐渐好起来，只是人很瘦。

有容回到自己房子的时候，觉得这里被时间定住了，一切都停在小生没有回来的生日那天，整个房子里弥漫着一股甜腻难辨的蛋糕味，她仔细嗅了下，一阵反胃。

她到厕所吐了个昏天黑地。

吃力地把茶几拖出房门，弄进电梯，再到单元门口，把它推到垃圾桶旁边去。

天渐渐地热了，汗水就滴下来，也不知道是眼泪还是汗水。

有容这天扔了十几趟，大的那种黑色塑料垃圾袋，可以将她自己放进去，也一并扔掉。

扔东西可以产生一种多巴胺。有容有一点快感，心里的东西也像被清理掉了似的，变得干净清透。

闺密当晚来找她，问她母亲的病情，还有她和小生的状况。

她大概讲了下，说，现在好了。

闺密说，小生真是一手好牌打得稀烂的人，而你，有容，是那个陪着人打烂牌的家伙，还老照顾对方的自尊心，怎么都不敢和。

谁还不能说几句人生道理啊。有容当夜喝了酒，只好苦笑。

小生两个月后，回来，说请教有容一些工作的问题。有容说好。

晚上很晚了，小生说不走了。有容说好。

晚上，一张床，两人分别睡在两边，像两只被拉直了穿上扦子的对虾。

她听着小生的鼻息，觉得无可无不可，反正也不是自己的，也不是别人的，小生只是小生的，他来去自由。

可自己呢？她想了一下，就不想了。

次日，收到一个女人的微博私信说，我知道你是小生的女朋友，现在我告诉你，我要告他，他的儿子出生后，他没有来看过他。

当晚，小生又来了，请教完工作说，我今晚能不走了吗？

有容看着他的脸，问，你真的在认真工作吗？

小生说，是啊。

有容说，好。

小生说，我跟你说件事，你帮我想想怎么解决。

有容觉得自己一定是被诅咒过的，不然，怎么可以听下去，又怎么可以打电话给闺密，求助她的父亲，闺密爸爸是法官，大概可以理得清楚。

闺密说，你别说你的什么朋友了，你就直接说，是不是小生的事？

她羞臊，说，只是在加拿大的时候，太孤单了，偶尔犯的错。

闺密在电话那侧，已经要跳起来，然后说，你等着吧。听到她很不情愿地把自己的父亲叫来。

法官爸爸很通情理，又专业，认为案子就是案子，像医生认为病变就是病变。有容跟他细细讲了，法官爸爸跟父亲同龄，只是更果决些。

法官爸爸最后说，这可是一辈子的事情，有容，你要想清楚。这不是钱，不是房子，不是肇事，是一个活生生的人，正在长大，

117

还会更大，人和人的血缘关系，永远剪不断，永远纠缠不清。

　　有容点头的时候没有声音，回头看着小生，小生眼睛又黑又亮，说，有办法吗？

　　她说了谢谢，挂了电话，说，有。

　　你精心摆了八年的多米诺骨牌，你愿意对方推倒第一块还是自己推倒？

　　这样的问题，你说让人怎么回答？

SAN WU

三五

世人对独身女人有一种恶意，要么认为她们无人亲近性格乖张孤僻，要么又觉得她们日子过得放荡。

三五到了秋末冬初，就非常想谈恋爱。

那夜出差完，从上海往北京飞回来，听闻北京已经一夜入冬了，路上看到很多人，心里都蠢蠢欲动起来。

总结起来，他们都皮肤白，鼻梁挺直，眼睛专注，自己不大知道自己帅。

再总结一下，就是年轻男孩。

三五过三十岁之后，才意识到欲望这件事。

可连这件事，仿佛也在渐渐淡出自己的生命。

一直认为自己爱同一款男人，后来发现不是，是爱不同款的男人，可以接受皮肤黑一点的了，不同职业的了，甚至送货上门的快递，给自己加水时屁股翘翘的空乘，说话好听的切全麦面包的面包店店员,在粤式火锅店里给她涮虾的少年,统一的,他们手指细长好看有力,白皙,指甲干净。

三五很纳闷儿,作为女人的纳闷儿,这些男孩后来都去了哪里,变成了什么,消失得怎么跟火锅里放进去的薄片羊肉似的?

怎么和自己坐在头等舱里的那些个,手指都发黑发粗了,甚至看到他们的脸色,听到他们的只言片语,就根本没有机会看向他们的手指,太不可能存在惊喜了。

成熟是什么?是超市买东西,根本不看价格,看菜色就好。

飞机降落后乘坐摆渡车,男人们迫不及待地打开手机,像极饿的人从货架上抢夺食物,三个小时的飞行已经让他们充满酸臭之气。

三五面朝车窗站着,后边男人讲着夹杂着英文名字和英文单词的电话,口气喷在她的鬓发上,让她一阵阵地想作呕。

男人们,成熟有钱之后,就失去了英挺的鼻梁和秀气的鼻尖,毛孔变得粗大,兼皮肤油腻,那些个别保养得宜的,肯定已经不爱女人——只爱自己了。

三五知道自己是爱不起同龄人了,那个跟她谈恋爱的同龄人跟她说,那时候他喝了一杯威士忌,他算有品位,但拯救不了他的微胖,瘫软,发福,显得懒惰。

瘦和肌肉,需要靠自制力和运动量才能解决,他都没有。

他说什么呢，他说，嗯，人越老越无耻。

他无耻地说，我们俩，也不用谈情说爱什么的，徒增烦恼，彼此满足，身体瑜伽，就挺好的。

三五想知道他还能说出什么，因为这都在她可预想的范畴之内。

后来他们做了爱，她试图并努力把自己灌得更醉，但显然，他并不适合她。他离他说的"彼此满足"差着很远的距离。她在他身下，被他沉重的上半身压得透不过气，又被他过于无力的下半身搞得毫无兴致。

他满足了之后鼾声如雷，三五自己裹着个毯子，到客厅沙发上，再倒了一杯酒，突然就笑出了声。

三五啊三五,学会应对"无耻"的你，是不是也变无耻了呢?

她看着这个房子，一草一木，都是自己置办的。

世人对独身女人有一种恶意，要么认为她们无人亲近性格乖张孤僻，要么又觉得她们日子过得放荡。

美或不美都有议论的角度，但三五不在意，三五也没有办法跟所有的人解释说，独身不是没办法，孤身只是自己的选择，独身只是一种生活方式。

没人相信，后来也就不勉强别人了。

独身还是，总觉得和自己真爱的那个人差之毫厘，谬以千里。

孤独的情况都差不多，三五认为人永远都是孤身一人的，你睡在一个人身边，也是孤身一人，但很多人不信，觉得一起看电视也是好的。

三五就笑，电视为什么要一起看？遥控器一丢，立刻开始质疑坐在了对方的屁股下边。

三五可不是什么独身主义者，她觉得再没有比跟自己真爱的人一起生个孩子更美好的事儿了。可是，想跟她生的，她一个也吞咽不下，她挚爱的，似乎，又对跟她生孩子这事儿，没有反应。

三五想起自己最爱的那个男人，后来他留学离开了中国，他在他最脆弱的时候跟三五在一起，时间漫过了一个秋天和一个冬天。

三五那个时候觉得自己要谈一场真正的恋爱了，惊心动魄的，她不能不说自己很肉欲，那男孩的眼睛鼻子嘴巴，无一不是她的喜欢。

她就是这样喜欢上他的，喜欢他眼睛里本来很伤心，嘴上却挂着一股坏笑，这两种表情中和在他的鼻尖上，形成一种奇幻的美。三五后来形容说，你这个人，就是一种拧巴。

拧巴在文字里展现出一种乖巧状，走路挺直得像只努力探寻的柴犬。三五有时候把男人动物化，想起她的柴犬，心里就一阵痛，那种感觉已经许久没有了。

这不就是爱情吗？不是因为你是什么，而是因为你是你。

拧巴吃住在她的房子里，她下班回去，再给他做饭。拧巴有的时候发呆，被觉察后立刻换回另一副表情，拧巴越来越不耐烦的时候，三五就知道自己要失去他了。

你说一个人得多不爱你，才会对你善意的问候那么不耐烦啊。不耐烦就是不爱。

三五坚定地这么认为，也觉得人生坚决不可以自讨没趣。

一个人一旦养好伤，就一定会离开家的，不管这个家曾经多温暖。

有的人就是受伤的麻雀，可以贪一时温饱。

所以三五主动说我们分手吧，话音未落，对方就说好的！逃也似的搬了出去。三五看着空荡荡的房间想，哎呀，你看爱情真奇妙啊，人跟人真脆弱，之前好得可以互相进入对方的身体，不好了，就什么都没有留下，也不舍得留下。

未来多年后，连爱过这个人，都羞于提起。

所以一段感情里的两个人，对待感情的状态不同，记忆也不同。

三十多岁的三五尽量忘了当年的伤心，现在的她在沙发上睡了一夜，早上收到了所谓身体瑜伽的无耻先生送来的一个包，当日发售的新款，闪送。

三五觉得这件事儿不能再继续了，可直接把包送回去是非常不礼貌的。

三五熟悉并了解男人，她就在下午三点钟对方开会正酣的时候给对方发了一句"想你"。

他一定皱了下眉头，顺手就删掉了这条，内心已经开始逃之夭夭。

这样的三五，太不安全太不瑜伽了。

当天，无耻先生没有联系她。次日，为了让这件事儿更加踏实，三五于早上五点再发一句"想你"。三五是定了闹钟把自己叫醒的，发完又蒙头睡去。

真是踏实了。

无耻先生自然没有再回。

中午，三五起床，把包给对方闪送了回去。

这样的男人，是一句"想你"就可以搞垮的。

不似拧巴，那时候他们都还年轻，可以禁得住一句"想你"，凌晨五点的"想你"也禁得住。

而现在，三五同样害怕别人说"想你"。慢慢地，其实变成了自己当时非常讨厌的人，而确实，是自己虚掷的热情，无限的爱意，涨水般的想念，促成了对方的珍贵，也促成了对方的冷漠，对方的离开。

对方离开几年了？三五依旧忘不掉他。即便，这是她生命里对她最不好的男人。

可谁规定了，人只能怀念对自己好的人呢？

三五就这样，到了无人能规定的年龄。

她无法再爱上同龄人了，又无法应对男孩们的热情，男孩们的胆怯，男孩们的予取予求。三五变成了和无耻先生一样的人，在这个阶段的情感世界里，她更愿意做一个挑选者，捕食者，因为这样主动，可以选择追还是不追，杀还是不杀，吃还是不吃，但不能决定饿还是不饿，这真是人生之不可思议。

于是，三五变成了一个真正意义上的孤家寡人，一个别人都觉得她很忙，很多应酬，但其实，每天一个人在家里的人。

到了这个季节，三五就非常想谈恋爱。她内心涌起一股一股的热浪，温度降低，寒毛直竖，身体却需要温暖，像渴盼着有一口热汤，像自己是宝藏一般，被好看的手指把玩，揉搓，呈现新的颜色和质地。

最近喜欢的这个人，是来家里修东西的，电工。

三五垂手站着，穿长毛衣，盖在双膝之上，微微有些冷。男孩大概刚刚出来工作，带着谦卑谨慎，到大房子里，戴了鞋套，穿了工作服，显得人很瘦小，衣服宽大。

帮三五调客厅灯的时候，他手臂高高举起，露出白皙瘦弱的腹部，那腹部，让三五抱紧了双肩，像拧巴的腹部，没有肉，没有岁月，扁平的白皙的呼吸带着年轻的韵律。

三五为此感到不耻，她突然理解了美剧里住在别墅里的寂寞太太，看那些水管工粗壮的手臂，流过手腕上金色汗毛的汗水，还有专注地看向水流和工具的眼睛。

电工有同样的专注，他眼睛细长，低头整理电路的时候，眼睛就更加细长，单眼皮，鼻梁如斧劈一般锋利，上唇鼓鼓的，像要张口说话，但其实，他很羞涩，什么都没有说。

三五说还有一个地方的插座有问题，时常没有电，在卧室。男孩换好客厅的灯，就到卧室里去，跪在地板上，用电笔测电流，衣服向上滑了一点，漏出后背，一点点的脊梁骨。

男孩沉默地测完电流，再往别的地方查，跪着行了一路，三五说不好意思，没想到这么麻烦，男孩鼻尖沁出微汗，接过了三五倒的水，说，确实比较麻烦，可能需要明天再查。

三五说好吧，那明天晚上我再跟你约时间。

男孩说，明天不是我的班……

三五说，那我等你的班吧。

又觉得唐突，说，我实在是懒得再跟师傅解释一次了。

男孩说，那就是后天。

门关上的时候，三五觉得心跳过速了，脸上泛起一阵红。

爱情是什么，在这个阶段无从谈起，爱情是从小鹿乱撞开始的，到头破血流为止的，天长地久的爱情，三五还没有看到活生生的任何一桩。

第三天，三五在电工上门前洗了个澡，把头发吹干的时候，有点不耐烦，看了几次表，门铃响起的时候三五的心狂跳，像要开始约会一般地狂跳。

电工带来了更大的装备，开始工作，还是工作服，身上有一股肥皂的香气。三五看着他操作开玩笑说，你说荒谬不荒谬，一个电工的设备竟然还是要通电的。

三五看到他把更大的设备通了电。

电工听懂了她的笑话，大概也想过这样的荒谬，他的牙齿在他笑的时候露出来，一颗颗的，小且白，他舔了下上唇，但没有接三五的茬。

三五点了一根烟，说你不介意吧。电工拼命地摇头。

三五说，你也可以抽。

他伸出手来拒绝，摆得有点慌乱，手指的骨节有点大，但是细长的。

三五从另一个视角看到自己，从电工视角仰望自己，露出锁骨的长毛衣，刚洗过的头发，抽着的香烟，虽然优雅吧，但其实挺可怕的，一种咄咄逼人的可怕。三五调整了下自己，到客厅去看书。

一会儿，电工出来了，说修好了。你签个字吧。

三五签完字之后，觉得这个故事就该结束了。电工拖着巨大的设备正在离开她的家，三五心里想是不是要说出那句话。

门就要关上了。

三五心里的门也吱呀作响。

终于,她说,声音很小,却笼罩住了她的整个身体,她说,微信加一下?

她看到电工手抖着掏出了手机,说好啊。

两个人都有点紧张,都先打开了自己的二维码,又都打开了自己的扫一扫,三五说,我想给你发个红包啊。我扫你。

对方手颤抖着,把自己的二维码重新打开,扫了之后,立刻关上了门。

三五靠着门喘气,像做了件非常可怕的事情。本来也很可怕啊,跟对方发第一个表情的时候,三五觉得生命里多了一个人,和自己本无交集的,永远无法相识的人。

但故事,似乎在这一刻就戛然而止了,三五觉得加上微信是个路径,开头却无言。

到了晚上,三五喝了一杯酒,说,你下班了吗?

电工回过来说,正准备。

三五说,外边很冷哦。

电工说,还可以。

三五说,今天我其实想拥抱你一下。

三五此时听到自己的心跳,像来自远方的鼓声。

迟迟没有回复,三五想起那句,人越大越无耻哦。

但无耻吗?为什么不能面对自己呢?

电工说，幸亏没有，全是灰。

三五不知道如何作答了，夜在这一刻像墨汁一样洒落下来，三五冷静了片刻，说，好吧，有机会的。

电工没有回答。三五说，你在想什么？是不是觉得我很奇怪。

电工说，不奇怪。你想出来走走吗？

十分钟后，三五跟电工在楼下走。风已经很凉了，三五是个自己管理好自己的女人，她跟电工，距离大概十厘米，默默向前走着，月亮接近半月，空气正在变差。

空气中流动着什么，但其实两个人什么都没有说。

再转了一个圈之后，三五跟电工说，我也不知道为什么，就想加上你。

电工说话一字一句的，非常清晰，他说，我感觉得到，所以关门的时候，我也很纠结，要不要主动说，但你知道，我们的工作，不允许我们这样。

三五笑了，看向他，是不是我这样的女人，经常要加你？

电工说，你是第一个。我什么都没有啊。

三五内心非常不同意这种说法。

到了三五的楼下，电工说，你上去休息吧，我也回去了。

三五说，好。

三五自己上了楼，默默关上了房门。坐在黑暗里喘息，然后有一种绝望，那种绝望发自内心，让她瘫软无力。

洗完澡，三五给自己倒了一杯酒，然后给电工发了一个晚安。

三五这夜睡得不好，在这个季节到来的时候，她就非常想谈恋爱。

我什么都没有啊。电工说。

三五想，其实我何尝不是啊。

这大城市里的孤单，就是这样形成的，彼此都觉得对方时间很满，而自己却什么都没有。

DUO MEI ZI

多 美 子

看着熟悉的家,有一种终于要离开的畅快,可也有一种前路茫茫的不知所措。

多美子的父亲是个儿子迷。

但人生是不可被剖白的,剖白后,人生常对儿子迷们的惩罚就是让他们——没有儿子。

好在多美子留了洋,日本也算吧。每年也就回来一两次,带着日式点心和烧酒,是父亲觉得光宗耀祖的时刻。

父亲老了些,看着多美子有时候也觉得恍惚,这是我的女儿美美吗?是被日本人偷梁换柱了吧?

多美子确实和留在家里的那两个不一样。

多美子头发软细,染了淡淡的颜色,即便只是待在家里,也是妆容精致,说话轻声细语,点头为主,很少争论。

她不讲话就像个日本女孩,这两年讲话也像了,即便是说中文，缓慢地，起伏如弧线优美的丘陵。当然声量也小，似乎需要人侧耳倾听。

另外两个，则对这样的声音表示困惑，常常在多美子讲完一句之后，齐声问："啥？"

多美子的围巾是灰色的，上衣是黑色的，长裙是深灰色的，小腿露在外面，袜子边有小的蕾丝。被留在中国的另外两个姐妹嫌弃，怎么那么爱黑白灰啊？是不是得买点艳的？你这小腿未来会得病的知不知道？

双胞胎的妹妹丽丽甚至拉着多美子逛商场，指定一个品牌让她改头换面，还说你三十了穿得还跟女学生似的，这哪儿行啊。

当时妹妹的声音有点大，大到多美子觉得尴尬。

每次回国这样尴尬的瞬间都会让多美子面红耳赤，比如劝服不排队的人，看到随手扔掉垃圾的漂亮女孩，还有在饭店里、商场里大声喊服务员的时刻，都让多美子感到羞愧。

多美子说，我还是不大适应，叫别人服务员这种陈旧的称谓。在日本，会用"不好意思"替代，在中国也可以用"你好"替代，但在大部分地方，"服务员"更有震慑力指定性和供需意味。

丽丽说，这多矫情，你说你好，谁能知道你是在叫服务员。

丽丽说完，大声地喊服务员，服务员果然立刻到了面前，不好惹，是写在丽丽的脸上。

多美子这样想着，看了看丽丽推荐的牌子并不认识，换算了下价格觉得在日本也算半个奢侈品牌了。服务员已经贴身过来要准备开始介绍，多美子匆匆放下逃出来，跟在后边的丽丽翻着白眼说怎么留学的都变得这么抠儿啊，是不是还想跟你亲妹妹 AA 制啊，我来给你买，你快回去挑。

多美子说我不喜欢那么多颜色。

丽丽说，哎。

丽丽的丈夫来接她们俩，多美子上车后，妹夫透过后视镜多看了几眼这个在日本东京的姐姐，还是好奇的，聊起来，说日本人每天跟地鼠似的，钻进地下道。

多美子想起每天上班的日子通过东京站转车的人潮，大家着黑色，拎黑色公文包，步履匆匆，绝不容半刻停留，也只有脚步声，踏踏地踩出一种特有的节奏。在这样的节奏里，人是不甘于掉队的，在十字街口的人潮里，鲜艳的颜色并不适合。

丽丽短发，鬓角留长了，像只蟋蟀，也染了色，是一种明丽的红。她转身跟姐姐说，你到底有钱没钱，没钱我给你。

她的左耳耳环被照进来的阳光打亮了，映进多美子的眼中，好刺目。

妹夫说，你能别这么没礼貌吗？这样的话让多美子对这个身高一米八看起来粗枝大叶的陌生男人心生好感。

在中国，大家似乎不知道什么是界限，多美子这样想想都觉得不好意思，但确实，很多时候，这里的评价带着冒犯：你为什么不恋爱？你为什么不结婚？你一个月收入多少钱？这些以"我为你好"作掩护的冒犯，让多美子颇感困扰。

更何况，对没有提出求助的人施以援手，很难让人感激吧。

可之于亲人，你不可以不感激，你更不可以谈冒犯。

前座的丽丽已经开始和丈夫争论起来，争论大概只持续了三个来回，就变成了争吵，旋即升级为丽丽的攻击，从言语到身体，到最后大打出手。

主要是丽丽打对方。

多美子在后排制止，后来用尽了力气说："这样不安全，你们吵，放我下车。"

这是她真实的考虑。

在日本，她学会了如何坚定地表达拒绝，即便看起来再弱不禁风。可惜，在更早的时候，她不会。

她真的就被放在了路边，车旋即开走，车身持续摇晃了几下，在前边红绿灯的地方停住，继续摇晃。

这是丽丽和她不同的命运。

多美子想，从小学开始，其实她们就已经不是一类人了。

多美子裹紧大衣，把围巾重新整理了下，像刚通过炮火洗礼。她习惯步行，爱安静，丽丽车里的烟味让她想吐，现在她终于逃进冰冷的空气里，找了一家看起来文艺的咖啡馆，平心静气地喝了杯咖啡。

咖啡店里，有写满愿望的便利贴，字都很丑，画也非常拙劣，连愿望都很公正，不带语气。多美子想起涩谷某间咖啡店里，日本女孩子善于画画，带着可爱的女生符号，写字都显得娇嗲，愿望有语气助词。

但这里是中国老家，多美子必须学会不可忘本。

多美子本来就有个姐姐了。父亲想了想，怎么也得儿女双全吧，就攒钱准备交罚款生二胎。结果次年生了双胞胎，多美子和妹妹的呱呱坠地让罚款翻番了，父亲泪流满面地抱着俩女儿，儿子迷感叹离儿子越来越远，叹息过后，给俩女孩起名，起的名跟大熊猫的似的：美美和丽丽。

美美偏倔强些，丽丽聪明爱笑情商高。

美美户口就被改更大些，为了省点罚款，生生比妹妹大了一岁。

大一岁的美美和小一岁的丽丽同班，放学一起回家，丽丽就让美美帮忙拿书包，书包很重，压得美美走路很慢，到家门口，丽丽说，姐，你好辛苦，我来拿吧。

到家之后，丽丽就很累的，声响很大地把书包放在桌上。

妈妈就说，你又帮姐姐拿书包啊，真懂事。

丽丽说，没事儿啊。明明没有汗，却作势擦了擦汗。

美美张了张嘴没有讲出来话，后来很多的时间里，她都是反应慢了半拍。包括选心仪的裙子，最爱的课外书，最喜欢的男孩子。

丽丽总是那个更早把愿望说出口并真正实现了的家伙。

后来，丽丽说，裙子她其实不喜欢，课外书没有看，男孩子也只是觉得——是姐姐会喜欢的，那，她就想要。

这种竞争从胎盘时期就开始了，而丽丽永远是胜利的那一个。

多美子到大学毕业，已经变成一个沉默的女孩子，因为她老觉得，但凡自己说出来的事情，最后都不会发生，即便发生了，也会发生在妹妹身上。

直到毕业实习，在一家日本的软件公司实习，对方主管说每年有两个中国的名额，你表现突出，虽然沉默寡言，但其实都被同事看在眼里，我们决定在你毕业之后录用你。

说这话的人是日本来京的委派人员，小村。他戴眼镜，瘦小，溜肩膀，头发一丝不苟，鼻子小但挺拔，声音却像是偷来的。

多美子这么想，怎么会，这么瘦弱的人，配这样一副低沉的男中音，字字句句像能摔落在地面上。

小村这样认真地看着多美子，多美子红了脸。

多美子鞠躬说，我……不知道我能不能离开中国。

小村这句使用了中文，他说，你在日本有我。

多美子被这个句子烫到了,想:中文不能这么瞎用。

而后像没有听到一样,只说,如果是工作机会,那真的很好。

小村说,那就先是工作机会吧。

多美子回家公布了这个消息,最不同意的人是妹妹丽丽,丽丽说,这种工作还用到日本找?日本阶层分明想熬出头难上加难,姐姐你这样的个性会被欺负死。

此时的丽丽早已经不再读书了,她做保险赚了自己的第一个五十万,男朋友刚刚更换。

父亲喝了一杯酒,说,毕竟是大企业,毕竟是去日本。

当年的春节,多美子成了人群中最羞愧的一个,因为所有的亲戚,都在问她:你什么时候去日本?

多美子希望自己会隐身,而丽丽,是声音最大的那个,像小时候玩捉迷藏,丽丽热衷在发现她之后默不作声,再突然在她耳边大喊一声一样。

多美子给小村打了越洋电话,对面结结巴巴地说,是啊,这个计划可能有些问题。

多美子知道去日本无望了,挂了电话准备叹口气。

丽丽在身后先叹气了:"唉!"

多美子吓了一跳,借着这一吓把泪水吞了下去。

丽丽说,那我都答应别人你会帮着我在日本代购了。

多美子也觉得自己好像辜负了丽丽的期待,顺带也辜负了自己远离这个家的愿望。

整个春节在焦灼中度过，丽丽说我姐姐过完正月就去日本了，甚至还在大年初五，给她拎回来一个大号的行李箱。

丽丽当着父母的面认真规划了下自己在姐姐去日本后如何独占目前二人的房间，甚至说，姐，你随时回来，我到时候就去睡客厅的沙发，随时啊。

多美子像支被满弓挂在弦上的箭。

她的日语，在半年的实习期里突飞猛进，成为父亲在春节里最好的余兴节目，丽丽总是能把话题引到日本上来，父亲就看着多美子说，你讲下那句嘛，那句很像绕口令的。

多美子绕口令讲到第十五遍，被官宣的离家日也逐渐临近了，天下着大雪，外边冷得伸不出手，多美子逃出家门，跟小村通电话：我怎么办怎么办？

小村在那边沉吟了一会儿，说：“我们结婚吧。”

多美子在这头收住了本已流下的眼泪。

小村是在第三天来到中国的，对于这个突然来提亲的日本人，父亲保持着高度的警惕，直到酒过三巡，两个人开始争论一些政治问题，多美子才发现——男人之间的鸿沟是：我们是不是一类人。

不像女人，鸿沟非常简单：你是另一个女人。

父亲说，这件事没什么可谈的。

固执的小村,端坐在沙发上,双手压住自己的膝盖,用日文说:"这件事有很多探讨的空间,并且我有非常重要的意见。"

多美子把他说的翻译成了:我有点累了,以后再谈吧。

丽丽说,看状态还是很有意见的样子。

多美子说,日本人比较客气罢了。

晚上,丽丽问她,你真的爱姐夫吗?我觉得他人不错。

多美子说,当然了。

终于到了去日本的那天,丽丽抱着多美子哭,说姐我会想你的。丽丽这一刻应该是真情流露的,感动别人之前,她总是首先感动自己,弄得父母也跟着潸然泪下,终于确认了他们的美美要离开了,也确认了这份不舍,即便美美在家里存在感很低,还是跟她说你要多回来看看。

多美子险些流下泪来,看着熟悉的家,有一种终于要离开的畅快,可也有一种前路茫茫的不知所措。

多美子一出海关就开始笑,小村看她说,离开家那么开心吗?

她说,对,轻松。

飞机上,多美子睡了一个好踏实的觉,睡前她问小村,你为什么突然提出结婚的要求呢?

小村说,我喜欢你啊,第一眼开始,就喜欢。你喜欢我吗?

多美子说,我喜欢,我喜欢离开家,我喜欢日本。

多美子又说，幸亏你只懂一点点中文啊。

小村说，什么？

多美子说，没什么。

她安心地把头靠在小村的肩膀上，再醒来时，飞机降落在东京成田机场，多美子左脸上有个压痕，从羽田机场到小村家，路很长，压痕仍没有消退。

站在洗澡间的镜前，多美子觉得，自己终于和丽丽彻底分开了。

她出来跟小村说，其实，我不打算回去了。

蜜月在轻井泽，两个人滑雪，多美子摔了很多次跤，裤腿全湿了。在山脚下的日式小火锅店里，两人喝热汤，彼此看着，多美子觉得，事情太完美了，完美得离谱。

连带那个家，都已经遥远得不足以让她思念。日本的新生活，让她觉得，自己重新开始做人了，不用警惕什么，不用害怕说出愿望，家里的东西都是她的，没有人再争夺。

上语言学校，再进入日本的公司，美美变成多美子，用了大概四年的时间。

四年里，小村一路升职，伴随的，是越来越少的回家，越来越少的沟通。

多美子是乖顺的，妥帖的，没有意见的，像个正宗的日本太太。

到小村失业的当天,小村都没有流露过不满,直到这天酒醉了回家,他说明天我不上班,我们去玩吧。

她说,去哪里?

小村突然暴怒了,他把公文包里的一切撕烂,把笔撅断,砸烂眼前能砸烂的东西。他说太平整了,一切都太平整了。

最后他冲到被吓得瑟瑟发抖的多美子面前,托起她的下巴,说:太平整了,人生太平整了。你为什么永远都在问我意见?我为什么每次都要做决定?

然后小村消失了三天,回来后,他说,我们离婚吧。

多美子说好。

她自己拿了离婚申请,到社区里去办,办事人员冷着脸,用低沉的声音说:"又一个骗身份的。"

她听得懂,但没有辩驳。

然后她被要求签字,她一笔一画的,大哭起来,这多少挽回了一些办事人员的同情心。她得到一杯绿茶和几张纸巾,到纸巾用完,茶糊满整个喉咙,她知道,自己独自一人面对东京的日子,要开始了。

世界就是这样的,可大可小,和前夫生活在一个区,坐同一班地铁,但之后,再也没有遇见过。

她租了一个小公寓,开始自己安排自己的生活。失婚第一年,做了有生以来最多的决定,小到使用哪家的电话卡,大到是否继续留在日本。

丽丽第一个知道她离婚的消息，并且答应保密。

次日，多美子接到了各方的慰问电话，觉得一个中国女人在日本太不容易，甚至有人发来其他中国人的资料，让她考虑考虑。

多美子觉得这真是一个好方法，省得自己一一解释了。

这年她回家是丽丽来机场接的她，用她新买的车，丽丽新做了头发，贴了假睫毛，画了一个像新娘的妆，她说，姐，你看起来气色不错啊，不像被抛弃的样子。

多美子没有说话，坐在副驾驶座，面不改色，新车被丽丽开得一蹿一蹿的。

丽丽百无聊赖，自己开口说，我过得特别好，好得让人苦恼。

为了证明自己是苦恼的，她还特意皱了皱自己的眉毛。

多美子在咖啡店里想到这些，连眉毛都没有皱一下，她准备回家去。

到家的时候，丽丽和丈夫已经和好了，浓情蜜意地在沙发上互喂葡萄干和坚果。

多美子不由得说："你们俩这样真好。"

丽丽说，姐，你住卧室，我住沙发吧。

多美子第一次没有推辞，她说，好。

说好的感觉原来这么爽。

丽丽来不及收回表情，多美子笑盈盈地关上了卧室的门。

飞机降落在羽田机场，多美子拒绝了旁边男士的帮助，自己拿了行李下飞机，四月的东京下起来薄雨，空气清新，多美子长吁一口气，喊了一声："我回来了！"

我，回来了。

DUAN DUAN
短 短

爱你的人，对你了如指掌；不爱你的人，对你过目就忘。

短短生日总是过阴历，这个过法很不九〇后，导致她生日老是漂移的，不大好记。
　　短短不这么认为，说爱你的人，对你了如指掌，不爱你的人，对你过目就忘。她说完，就笑了，眼睛弯弯的，说怎么还押韵了？
　　短短是那种可能会被人过目就忘的人，她自己说。
　　所以恋爱哪那么容易呢？你知道为什么女的们都是死宅了吗？还不是因为谈恋爱好麻烦好难，跟天天带妆一样难。
　　谈恋爱多考验词汇量啊，表情包的使用短短很在行，但她觉得，恋爱的要义就是吭哧吭哧打字，打字的时候，想着对方的脸，会听见自己手指上心跳的声音。
　　短短说，你看我这么浪漫的人，却没有遭遇浪漫的爱情，是不是天妒红颜。哈哈哈哈。

短短是生活里的哈哈党，网络步伐的绝对同步者，她做的行业必须紧跟着这些，说用来迎合有点太难听了，这叫在娱乐中学习战斗能力吧，用标准话术叫作用年轻消费者听得懂的方式和他们沟通。

短短做宣传，知道怎么把一件事儿描述得准确和生动，但在网络里，她渐渐忘记了这件事儿，宣传中有个秘诀是做一件事儿让人记住一个标题或者一个关键词，增强记忆点，其他的事儿就都算了。

这些慢慢影响了短短的思维，她头发平铺直叙的，脸上不怎么带妆，个子小巧，爱穿帆布鞋，属于老一代文艺女青年的打扮，感觉并不用背名牌包，觉得那样玷污了她们。

短短是迭代的文艺女青年，比如爱涂睫毛膏，穿各式各样的颜色鲜艳的袜子，短短抻着袜子给人看说，你看这就是我的标题。睁大眼睛说，这睫毛膏让眼睛更亮。

那你也别直勾勾地看别人，多吓人。她的朋友这样笑她。

短短说，你不觉得这样很日系吗？谈恋爱真的太难了。

是，圈子里本来男人就少，部分还合并同类项了，短短这样的年轻女孩剩下来一大把。标签是长得不错，又有脑子，看起来不大好追，也不好打发，短短觉得这些都是误解，其实挺好追的，只是现在的男人们太现实了，吃不了苦，受不了拒绝。

当然了，短短又开始总结规律，她说，每个人都有自己的拒绝指数，翻译成大家能懂的话就是你的作得和你的颜值成正比。

短短拿自己举例子——我这样的，十分满分我分数在七分上下，只有一次拒绝别人的机会，如果你喜欢对方的话，第二次就不要再装矜持了，不然对方肯定放弃了。

这是在新人培训时候说的。短短也觉得纳闷，时间过得真快啊，怎么我就成了公司的一员老将呢，我明明还希望跟别人学学呢。

公司里有个更成熟点的（也只是看起来），是其他部门的总监，男的，嘴很毒，看她培训出来，说，哟，你都能培训了，你的表达能力行吗？

男人需要别人崇拜，短短对着他说，这我知道，但不能靠贬低别人来达到啊，朋友。

那朋友脸上没挂住，转身走了。

短短看着他的鞋里露出的袜子边，应该属于十元四双的那种，起了球。再追一枪说：你能不能穿贵点的袜子啊，总监。

总监蹲下来把袜子塞了塞说："你心疼我拯救我给我买啊。"

短短说，你长得丑想得可挺美啊。

总监听没听到不知道，下午时候看见短短趴在桌子上发低烧，立刻敲锣打鼓昭告天下，说，你看看，跟我对骂的人现世报了。

短短智齿闹得正凶，真是没有办法理他，脸抬起来怒目相向，对方咔嚓一下就拍了张照片，发在公司群里说，大脸在发烧。

短短说，你删了。

总监说，打给我十八块我就删。

短短牙更疼了。请假回了家，吃了止疼片昏昏睡去。

醒来的时候不知道几点，擦掉口水看手机，微信里总监问，没死吧？

短短第二天就去怒拔了牙，塞着血棉花回公司和总监碰了个正着，怒目相向之后，短短摇着脑袋跟对方说："我没死没死没死。"

总监说："铁嘴钢牙，也能拔。"

短短说："拔了，不能吃饭，只能吃流食，还能瘦。"

总监立刻表示，你确实需要瘦。

短短败下阵来，在工位上生闷气。

一会儿前台电话来了，说有她的外卖。

短短抱着粥回到工位，看见外卖单上标注着：猪胃口，很能吃，多给点！！！

叹号暴露了是谁点的餐，短短盯了粥半天，给总监发去了一条：没下毒吧。

主要是饿了，也没等到对方回复，就一勺勺地喝完了，喝的时候觉得也挺温暖的，喝完的时候微信回来了，说：一品鹤顶红。

短短站起来遥遥看过去，对方拿着手机正露出一丝坏笑。

短短继续发微信说：亲，长得帅坏笑是一丝坏笑，长得一般坏笑可就真是坏笑了，我们这边建议您控制表情，不要轻易尝试呢。

短短用了淘宝小二的口气，被总监一招制敌了，总监说：你亲谁？

短短脸红了一下，这感觉久未经历，竟然有一丝甜？

短短下班了用实体店购物来警告自己保持理智，做法有两个好处：一是试衣服的时候照照镜子知道自己什么样；二是结账的时候知道自己有多少钱。

回来的车上，短短感觉烧退了，人清醒了，发现自己还是买了很多袜子，袜子中还有两双男袜？

晚上的时候总监的微信准时来了，依旧是死没死。

短短回，死了。

对方吭哧吭哧地正在输入了半天，最后什么都没有发过来。

短短躺在床上，眼睛黑亮黑亮的，又翻身起来拿起手机：我袜子买错了两双，明天放你工位上啊。

对方迅速回了说，你那么大脚，咱们俩应该一个号啊。

短短这一夜睡得有点辗转,脑子里一直在量自己的脸和脚,到底多大脚多大脸啊,脚印和脸型构成抽象派的画。

早上八点,比保洁阿姨还早,短短揣着两双袜子进了公司,公司里当然还没有人,但心跳确实加速了,她假装轻松地走过去了两次,都没有找到放袜子的角度,然后听到了前台有门铃声,短短被椅子绊了一下差点摔倒,袜子就这么扔在了总监的垃圾筐边上。

公司来了人,短短回到了自己的工位。

中午十一点,短短发微信问:看到了吗?

总监回:什么?

短短说,袜子。

总监说,没有啊,你放哪里了。

短短说,垃圾桶里……

总监说,那肯定没有啊。下次你再买错一些吧。

短短很失望,觉得保洁阿姨该勤快的时候不勤快。她百无聊赖刷了朋友圈,发现总监发了一张自己脚的照片,写了"出差"二字,脚上穿着她买的新袜子。

短短在上边狠狠地点了个赞。

这袜子真好看。

后边的日子几乎不怎么需要记,大概的意思是,总监偶尔隔空给她定个餐,备注栏里总会写上猪胃少油。短短就更早到办公室，偶尔送去袜子，偶尔送去坚果。

有时候短短想让剧情进展快一点，但总监老出差，基本上也很难有机会见到，短短有了心事，头发带了一点点卷度，偶尔画一个全妆，被同事问，你是恋爱了吗？短短断然否认，no，no no no，我最近在学习化妆。

同事看了看，认同：确实像刚学的。

明天就是新年了。

地铁里人不怎么多，总监在外地出差，得知短短这天要加班，还是给她定了餐。

她没怎么吃，问他你在哪里呢。

他说，在路上呢。

她觉得没什么可问得了，话题聊干了，可明明还是有很多问题的。

恋爱是这样吗？放下手机，就有很多问题。

短短看着对面窗上时隐时现的自己，想起很多事，旁边的男生本来在看手机，后来也看窗上的自己，短短看着对面突然问他说，马上过新年了。有几个问题，你愿意回答我吗？哈哈哈哈。

男生说，行。

短短说，我坐在这儿，你会注意到我吗？哈哈哈哈。

男生说，不会，你不说话我都不知道你是个女的。

短短站起来，从他面前走过，再问，那我从你面前走过，你会注意到我吗？哈哈哈哈。

男生说，不会，你也不香，大部分时候我看手机。

短短说，那我再冒犯地问一下，你觉得我这样的，你别害怕我没别的意思，我就是有点吃不准自己。哈哈哈哈。

男生表示理解，拼命点头。

短短接着说，我这样的，有两个选项哈，一见钟情，日久生情哪种会发生在我身上？哈哈哈哈。

男生仔细看了看，颇为困惑：还有别的选项吗？

短短说，没了，我到站了。你真是，一点同情心都没有。你记住了啊，女孩子逼着你说真话，你可千万别说真话，说了她们受不了。哈哈哈哈。

男生说，行。

短短挥一挥衣袖下了地铁，觉得男生的困惑伤害了她，怎么自己连个日久生情都轮不上了？出站的时候大力拍了地铁卡，卡包里白光一闪，飞出去个东西。

来不及反应，自己的大脚就踩了上去。

站前的大钟，到了跨年夜的前十分钟。

短短捡起了那个白光，是一张已经印上鞋印的免冠照片，上边是正儿八经的总监的脸，头发比现在短，眉目很清楚，眉间宽，显得和气，嘴角带着一丝笑。

不是坏笑。

短短站在地铁口给总监拨了一个电话。

总监说了喂之后,短短说,你为什么往我卡包里塞你的照片?

总监说,啊?是我吗?

短短说,不是你还能是我吗?

短短这句话被总监截住,总监说:"你……现在还不承认喜欢我吗?"

套路吧,总是有用的,女生就得锻炼各种能力,表达能力,抗击打能力,拒绝别人的能力,但唯独那天,短短忘了自己其实还有一次拒绝别人的机会。

她在地铁站的大风里笨嘴拙舌的,没有还嘴之力:"承认啊。"

故事是不是从这一刻开始急转直下的?反正大风吹一吹,好像情人们就会走散似的,短短说,你看我们哪里是害怕分手啊,明明是害怕明珠暗投,害怕被辜负。

短短的一颗心,随着大风化了,总监说你在哪里呢,我到北京了。

她没有等下去的耐心,她说,我们找个中间点吧,节省时间。

她没有后悔,她想立刻要见到照片本人,赶紧把刚才的问题,都问总监一遍。

两人都下车之后，总监伸开了双手，短短冲进他的怀里发现他还挺高的，自己的脸大不大，已经顾不上那么多了。

抱了很久，总监吻她。

短短说，我如果这样走过你身边，你会注意到我吗？哈哈哈哈。

总监看着她说：废话，因为我认识你啊。

那你觉得对我两个选项，一见钟情，日久生情，你选哪个？哈哈哈哈。

总监看着她很惊恐：你的大脑袋里想着什么啊，怎么那么脏，好恐怖哦。

短短冲上去打他，被总监抱住了，那你现在承认你喜欢我吗？短短问，觉得应该反戈一击。

总监说，先一见钟情，后日久生情。

短短觉得，自己这个新年，很开心。

开心的日子过到了正月初九。

短短发微信给总监说，我生日不好记，我通知你下，我是今天的生日。

这天是这一年的二月十三，情人节之前。

总监说，哦。

短短看着这个"哦"，有点生闷气。后来她跟其他女生说，你们如果让人陪你们，你们就直接说，不然对方就get不到，似乎忘掉了之前爱你的人对你了如指掌这个所谓的理论。

"哦"完之后，短短收到了六百六十六的红包。

短短觉得，怎么就靠钱打发啊，她说我不要你的钱。

第二天，短短等着总监给自己发微信，说生日快乐。

但期待的事情和实际发生的事情总有反差，当你恋爱并且很在意对方，你一天这句话得背三遍。短短后来这样告诫其他的女孩说。

总监不见了，没有来上班，也没有消息。中午发了朋友圈，晒了午饭图。在社交媒体上很从容啊，唯独没有给短短发短短期待的生日快乐。

闷气正在变成明气，短短的不安全感炸在了头顶上。为什么他就不能明白，我其实需要他陪我呢？短短内心问了一百次，但就是没有问对方。

单身的同事们躁动着说晚上聚会，短短发了微信问总监怎么安排，总监没有回复。

短短说，我生日，要不咱们就热闹一下，不醉不归了吧！

大家立刻同意了。晚上喝了很多酒。在醉之前，短短还在等着自己期待的生日快乐，收到了一个闪送来的香水瓶。

是总监送的。

短短觉得这还不是那句生日快乐，以及晚上单独的陪伴。

何况外边下了雪，何况明天情人节，何况……我那么想你。

此时的短短喝醉了，打开了香水沿街喷洒，雪花特别细碎，香水在路灯下也闪着光芒，短短穿过香水雨，然后拿出微信，拉黑了总监。

总监没有解释今天的缺席，或者说，他的缺席是短短意识中的，他看到微信受阻发来短信。

短短删除微信前，负气地说，为什么没有陪我？信息也不回，为什么送我这些不咸不淡的礼物？你送我的东西我明天都还给你。

午夜后，总监发来短信说：扔了吧。

短短是次日看到这条短信的，她正对着自己的手机后悔不迭，手里拿着给对方买的情人节礼物。

她早早地爬起来到了公司，假装正常地把礼物放在总监的桌子上。

那是个限量版的手办，短短排了很久的队才买到。

总监没有再加回短短。

短短在这一周瘦了挺多的，她找机会跟总监道了歉，总监说，不必，我们有很多地方不同。

某天，咸鱼网站上，短短看到总监把那个礼物给卖了。

哈哈哈哈，短短笑，说，真好卖啊，毕竟是限量版嘛。

短短后来说，人跟人有很多机会，也有很多误会的机会。但爱你的人，是会给你解释的机会的。

日子总是要过下去的，北京又大又安静，下次再谈恋爱，不能再那么幼稚了，可其实我也知道，好的爱情里，是可以容忍很多幼稚的。而且，其实人跟人总有偏差，得让对方知道，为什么，我那么需要你在那一刻说爱我，不需要别的。

短短说，可以有另一个选项了，就是有的爱，其实没那么爱。

短短目前仍相信爱情，但不再对人说自己相信了。

成为路上匆忙走过的，每一个人，活得力道十足，不问不提心事，不醉不说伤心。

12

Why

不爱了就是不爱了，像柴被烧尽了，感情不可逆，你抓着攥着只会让人更讨厌你。

Why 被警察带走时一言不发。

她在情人家楼下守着时也一言不发,坐在台阶上,带了面包和水,状如儿时春游。

她分三次敲了他家的门,听到了门内叹息的声音,确认他在家。

人在爱里分三种,显示一个人在爱里重视的东西:一种是 what,意思是我得到了什么;一种是 who,是指我和谁在一起;一种是 why,就是为什么。

Why 小姐常常追问为什么,在一起的时候问为什么在一起,不在一起的时候问为什么不在一起。偏偏对方是个不爱回答为什么的人,他说两个人之间有感应,何况我能说清楚为什么爱你,就不是爱你了,是选择你,爱是——没有办法选择。

对方永远是对的,就叫他对先生吧。

但对先生隐藏了后半句,不爱也没有办法选择。

不爱了就是不爱了,像柴被烧尽了,感情不可逆,你抓着攥着只会让人更讨厌你。Why小姐说是啊,那你就讨厌我吧,我也不会让你好过。

但想了想所有的复仇方法,都不大好实现,就选择在对先生的楼下坐着,楼道里过来过去的人,都注意到了她,她没有化妆,头发略显凌乱,手里攥着手机和充电宝,可以用来取暖,厚的羽绒服,人来的时候,就把脸躲进羽绒服的大领子里,试图不让人知道她是谁。

其实我什么都明白,但我就是过不去,我一直想知道为什么,他得解释给我听。

Why小姐有点喋喋不休,被她打电话的朋友正在打网球,她听到对面有呼哧呼哧的喘气声,教练说:"动作要连贯。"

但她没有挂电话的意思,你听我说就行了,甚至你都不用听。楼道里人来人往的,我打着电话,倒像个美剧里的女主角一样。

比如《无耻家庭》里的大姐,跟男友商量结婚的事儿,结果发现对方已婚了,她把对方留在自己家的工具箱还回去,然后一件一件的,把锤子、榔头一件一件地丢进对方的窗户里,窗户发出破碎的声音,那个男人,就是不出来说一句话。

可是对先生连个工具箱也没有留给她,她想扔什么都无从扔起。

Why 小姐对着电话说,警察来了。

警察说,怎么又是你?

Why 小姐说,你让报警的人下来,我就跟你走。

报警的人下来了,隔着楼道门,说,她不能老在我家门口。

警察问,你们俩到底怎么回事?

Why 小姐笑了,说情感纠葛呗。

警察说,笑什么笑。

警察相当严厉,需要他们处理的各项杂务太多了。年轻人谈恋爱谈到警察这里,让警察有点疲惫,没有造成财物损失,人员没有伤害,无法立案,只能劝告。

可劝告什么呢?天挺冷的,你赶紧回去吧。

Why 小姐知道,这是故事的结尾了。

此前他们分分合合,都不到结尾,但到了警察这儿就已经是结尾了。

昨天晚上,也是这个时间,也是这个警察,她的二次出现让警察和对先生都失去了耐心。

打网球的朋友说,你清醒一点吧,这样其实……挺烦人的。

Why 小姐其实都知道,但就是控制不了,那句"为什么"

一直停在她的胸腔和咽喉里，越来越大，让她无法呼吸。

你告诉我为什么分手吧。她跟对先生说。

对先生隔着防盗门，谨慎地看着她，男人啊，真是胆小如鼠，你怕里边是硫酸不成？是硫酸就好了，我可以喝下去，消化掉那些疑问。

因为我不爱你了。

Why 小姐身体晃了三晃。

耍赖般的，问："那你为什么不爱我了？"

警察在现场抓了狂，作为男人，他在这一刻理解了对先生，并对他投以善意的确认的眼神。

眼神内容是：你确实招惹了一个麻烦。

可爱本身，就蕴藏着麻烦，男人们开始的时候看不到，后来逐渐发现，到麻烦缠身时，觉得爱和这个人都不值得。

对先生狂暴地说让她走吧，脚步重重地去了卧室。

警察说走吧，我陪你走到小区门口去。

Why 小姐说，你知道吗？一开始真的不是这样的。

警察说，是啊。一开始都好。

警察三十五岁左右，没有发胖。总是把帽子拿下来，在手里摩挲。露出被帽子压过的头发，瘪瘪的。Why 小姐想着，他把头发弄一下应该挺帅的。

她说，我也不是老这样。但你知道，有些人，在一起就是会犯冲。

她摔过他的手机,简直是iPhone投掷大赛,那手机在她手中,滑出一道漂亮的弧线,脸朝下摔在五十米外的公路上,再被一辆货拉拉压过去,他走过去捡起来,继续打游戏。也不管屏幕花了没有。

他是这样的人,你越让他注意你,他就越不。

Why小姐问警察,你知道我为什么摔手机吗?是因为我看到,他把我闺密置顶了,他们俩就见了两次,置顶这个干什么?

警察说,他怎么说?

Why小姐说,他没有说,我也没有问他,我只是拿过来,就扔了。闺密说,他们没什么。我就跟闺密约下午茶,那个餐厅,在国贸新区那边,有好吃的舒芙蕾,我要了咖啡,她来的时候穿得很好看,新做了头发,我喝了几口咖啡,没有舍得大喝,也试了温度,我怕烫伤她。

警察惊了。

Why小姐在前面走着。

我没有说话,一直看着她,她有点发毛,说你怎么了,我就泼了咖啡。

我跟闺密说,这样我们就没有办法再和好了。

她的头发和上衣被我毁了,从那里到楼下应该有五层,这五层她一定很难堪吧。她逃一般地离开了我,我坐在那里没有动。她没有问我为什么,我觉得她心知肚明。

我干了这些特别烂电视剧里的人才干的事情,发现我根本没有跟人吵架的能力,我不知道怎么质问她,也不知道怎么惩罚她,我也知道其实严格意义上她也不算做错了什么。

可女人不就是这样吗?愿意怪另一个女人,却不愿意怪这个男人。

我们在一起也不是那种轰轰烈烈的,只是凑巧。

他是做平面设计的,给我们公司供图,我恰好负责那个项目,他出图慢,我们项目压力大,我在微信里催他,他说后半夜才能交,我说你上次就晃点我了。他说这次不会啦。我说你说得轻巧,我到你们公司等着你。

我是带着方便面火腿肠去的,看着他作图。

他说你干点什么吧,我说我什么都干不下去,就想等着收工了赶紧回家。

他说那你就等不到了。

我说,为什么?

他说,你拉屎愿意被别人看着吗?

我觉得他不能说我们的项目是屎,但同意了这种说法,我看着他的后脑勺,觉得他后脑勺很端正,脊背挺直,有一股傲气,他说我收到了一套乐高,你自己拼乐高去吧。

我就拼乐高，拼着拼着就睡着了。

醒来的时候，看到他在吃面，是那种小声的，老鼠一样的，窸窸窣窣的，像是怕惊醒我，也不敢大口吃，一点点往嘴里送，方便面的热气把他的眼镜晕染了，看起来像饿急了的变态杀手。

又可怜又可笑的那种。

我就笑出了声，说，我能喝点汤吗？

他吓了一跳，把方便面碗推给我，说，你吃面。

我说我只喜欢喝汤，你把面吃完吧。

他乖乖地把面吃完了，我喝了汤，他看着我，说你不觉得脏啊。

我心里真的不觉得，好看的人……感觉不脏。

他笑了，笑起来更好看了，他说，你审美真奇怪。

凌晨三点他交了图，我们俩都很困，他说，我现在可没有力气开车，就想睡一会儿。我说我连叫车都没有时间了，我也困。

我们俩睡在了办公室的椅子上，后半夜有点凉了，他把自己外套给我盖了。盖外套的时候，他吻了我。

没有方便面的味道，我以为会有的，但没有。

我很享受，我说，不困了吗？他说不困了。

我说，怎么有一股浓浓的烂剧情的感觉，他说，我也不知道，就是觉得你应该喜欢我。我们在办公室里接吻，聊天，又接吻，又聊天，天就慢慢亮了。

他说我们在一起吧。

我说我没什么安全感,他看着玻璃窗外的城市早晨,说,这里给过我们这东西吗?

我们俩去麦当劳吃的早饭,他拿着一杯可乐跟我举杯,说:恭喜你。终于谈恋爱了。

我们俩分别去上班,太阳已经出来了,我打了车回头看他,他在麦当劳的门口,头发被太阳照得闪闪发光,我那么普通,什么都没有,品位一般,对设计之类的一窍不通,我对自己评价那么低,可我得到了爱情。

我觉得这很不可思议。

事实上,我一直觉得自己不够酷,任何方面,都不够,太普通了。

我问过他这个问题,我说你为什么跟我在一起,他在家里作图,眼睛盯着电脑,后脑勺纹丝不动,我把靠垫按在身下,蜷缩在沙发上,我说我很一般啊,你为什么会喜欢我?

我清楚地记得,那是我们在一起之后的第三个月,我经常陪他加班,早上离开他的公司。周末在他家里度过。

他说,那可说不出来。

但从那之后,我们的关系发生了变化,很难名状,警官,你知道吗?你能明确感受到一个人在逐渐远离你。

此时警官已经在小区门口陪她踱步很久了。

微信回得慢，电话也找不到，再回微信的时候也没有一句解释，不告诉你刚才是去开会了还是干什么了。每次见面，都要追问很久。

我觉得一定是我的原因，我不再吸引他了。

我变得非常紧张，上班的时候都觉得提心吊胆，他跟我联系，我就觉得他在说假话，他稍微对我不理睬，我就觉得他是刻意冷漠。当然我明白，人是不会刻意冷漠的，那非常累。我追问他，他说我什么都没有做，只是有的时候需要休息。

我一遍遍地翻他的朋友圈，查找蛛丝马迹，可他基本上不怎么发，一共二十多条，以至于我后来能背了，第一条四个赞，两个评论；第二条五个赞一个评论；第三条……

有一天他关闭了朋友圈，我觉得是对我行为的一种报复，我问他为什么，他说不为什么，觉得朋友圈很烦。

我也变成了一个不发朋友圈的人，因为我觉得对于一个不发朋友圈的他来说，我太琐碎了，我不够酷，没有收藏自我的能力，大部分内容也不值得展现。

我说我们去旅行吧。他说他没有时间。我问他，你知道我喜欢什么吗？他看着我，说我的问题让他觉得我很陌生。他问我，那你知道我喜欢什么吗？

其实我也不知道。

我才发现其实我们都不了解彼此，我们像什么呢？像那夜仅有的方便面，像早上开门营业的只有麦当劳。像没有选择时候的选择。

我越来越紧张了，我觉得我已经失去他了，他越不说爱我，我越觉得需要他说，而我越需要他说，他就更不愿意说。

他周末就选择朋友，和他的一帮朋友们去滑雪什么的，但从来不带我。

我说我可以去。他说，你都不认识，会觉得没有意思。

我枯坐在北京的周末里，抗拒了很多选择，其实我的选择本来就不多，我不酷，也没什么明确的爱好。我知道是我的问题，但我就是不能劝服自己，你既然不爱我，为什么当时选择跟我在一起？

所以上个周一，我说我们分手吧，说这句话的时候就在他们公司，他电脑桌的前面，我坐着我们俩在一起的时候的椅子，坐起来不舒服，右手的支撑因为时间久了略微有点松动，稍微用力就发出呻吟声，时间什么都没有改变，但我们俩坐在那里，像隔着千山万水似的。

我看这窗外，说，这个城市确实没有给我们什么安全感。

而我确实也很普通，我连朋友圈都发不好。

他说，你别这么说，我觉得分手可能对我们来说是好事儿，你让我觉得我无法呼吸，我跟你多说话少说话，都让我觉得有压力。

我说行，那我走了。你跟那谁的事儿，我不管了，随便你们。

他说，你知道吗？其实我就是问问她，你到底喜欢什么。

我当时很难过，这句话没有听进去，我说连我都不知道我喜欢什么，她能知道？

我知道我还在生他和她的气，他本来可以问我的，为什么选择问别人？

Why 小姐在寒风里，讲完了这些话。

她问警察说，你有烟吗？

警察无奈，说有。

那你抽一根吧，她说。

警察说算了。

她说，那我抽一根。

她哆哆嗦嗦地点燃一根烟，笑着跟警察说，你可能觉得我是个神经病，我今天闹完，就不闹了，因为我觉得给你添麻烦了。

警察说，那好。

Why 小姐最后说：你说他为什么不爱我了？

警察说，你说为什么？

13

HU NA
虎娜

这小小人生,哪有什么输赢。

这是虎娜第一次在中国网购,那天她很想吃小羊排。

饿的时候不要去超市,这是虎娜在法国留学时候学会的生活真理。

但虎娜真的很饿,又真的很想吃小羊排,只好在饥肠辘辘的时候下了单,这犯了大忌。

她不在意生活真理是什么,反正知道了多少真理,也不妨碍有些人,一往无前地抛弃真理过活。

虎娜就是这样的一个人——常识没有,世界观不存在,爱情无可无不可。

你可千万别跟我说人之常情,我不懂那个,这是虎娜的口头禅。

真的有这样的人啊，日子可以过得信手拈来。

回国上班，迟到的时候，她的老板就说你什么时候能改变，虎娜说，改变多累啊，又瘫倒在办公桌上。

老板说，那你别干了。虎娜说，好啊。

虎娜像只玩过了所有猫玩具，品过了劲儿很大的猫薄荷的老猫，对别人的要求和期望——视若空气。

活成别人期待的样子，最后就变成别人期待的死人，谁说的来着？

但其实她知道，她之前不是这样的。

同样的生活真理还包括，不要和喝多了的法国男人谈恋爱，一个小时也不可以。

她获得过一个小时的恋爱。

那个时候，她除了读书，晚上还在一家小酒馆打零工，负责看KTV的机器，她穿着厚羽绒服，只露出眼睛眉毛，穿长的高领毛衣，把她的下半张脸都挡住了。

挡住脸很好，不然客人一定可以看出她的鄙夷之色，那种类似于：都什么时代了，还要用这么老土的点歌机，还能玩得这么嗨？没见过世面的老外。

虎娜中学时在中国北方一个有海的城市，成绩很差，尤其是数学。

全班的人都在努力学习，不怎么开心，但发成绩的时候都

175

最开心，因为虎娜的成绩要开盘了，大家之前下注，押虎娜这次能考十分以上还是不能。

虎娜从没有让大家失望。

她的数学成绩稳定，永远都在七分上下徘徊。满分一百二十分，就算蒙，选择题上大概也不会这么惨，所以，数学老师认定，虎娜是故意的，甚至发起申请要主动监考。

后来他的怒气渐渐消除了，因为虎娜大眼睛里，都是迷惑，以及，确实认真发起了运算，但总是失败。

按道理一个成绩差的学生，得不到关注。但虎娜漂亮，语文英语极好，偏科严重到让全校师生崩溃。

虎娜很多时候被人嘲笑，可抽屉里永远有吃不尽的零食、糖果、情书，虎娜一概不要，到放学的时候，就直接搬着课桌到最后一排去，把抽屉里男生们的馈赠，毫不留情地倒进垃圾桶里。

只有一个人的礼物她没扔，因为对方就送过一个，他走过来，给她一个棒棒糖，说，我买的，你吃吧。虎娜说，我不吃，我留着。

虎娜把棒棒糖绑在书包上，一周后，男孩说，你当我的女朋友吧，将来我娶你。

虎娜说，好啊。

虎娜看着那个法国男人，鄙夷之色已经集中在眼睛里，你说说怎么回事,翻白眼竟然是国际通行语言——她在一个小时里,眼白已经受不了压力。

法国男人!明明几个人只喝了几杯啤酒,怎么就变得跟醉猫似的,还一直眉来眼去的,暗戳戳的像是在聊她。

她冷漠,骄傲,不大喜欢说话,是后来变成这样的。

法国男人吃这一套,哄笑声很大之后,男人们四散而去,留下一个,慢慢喝酒,点了歌,也不唱,就听音乐,虎娜也不觉得奇怪,丰俭由人嘛。

下班时间,虎娜关了机,一分钟也不想耽搁,男人跟上来说,我喜欢你。

虎娜看着对方的眼睛,黄色的,鼻梁像被塑造过的,金色头发,细软服帖,但在这个棱角分明的脸上,显得非常合适。法国人的浪漫,我其实也见过几次。她说,你喜欢就喜欢吧,我觉得这种感觉还不错。

那我可以送你回家吗?

虎娜说,好啊。

外边下起了大雪,多大呢,就像去年的这一天这么大。雪落在地面上不化,落在金毛的法国男人头发上也不化,只落在虎娜的额上就化了。

年轻的女人,身上散发着热气。

两个人聊天,虎娜说,我来法国留学,所有人都觉得不可思议，因为我数学老考个位数，但我又是我们学校第一个拿到大学通知书的，我画画，是艺术生，我一下考到了北京，学习也开窍了，英文好，觉得法文也不难，西班牙语我也学了两年了……

雪很大，法国人抱住了她，然后吻了她。

虎娜接受了，因为确实雪景很美，路灯很温柔，法国男人的鼻息里，有点酒的味道，和他的味道很相似，虎娜慢慢地挪开法国人的脑袋，手里感受到他绒毛一般的金色头发，她说，你的头发真软，然后说，我到家了，再见哈。

关上门的那一刻，雪化了，变成了两行泪。

虎娜画画流泪，看电影流泪，看书流泪，看到街上老太太一个人吃比萨流泪，这次变成接吻后流泪，她觉得匪夷所思，立刻给自己拍了张照片。

然后发给自己最好的朋友，她说，我的流泪功能，恢复了！

流泪功能终结于一年前，也下着这样大的雪，在中国，老家。

虎娜背着用了十年的包，包上还坠着那个棒棒糖，整个人显得非常没有留过洋的痕迹，妈妈说，跟你没走过一样。

虎娜不以为然，笑的时候眼睛很明亮，旁边坐着的，是送棒棒糖的那个家伙，方便回忆的话，就叫他同学吧。

这一天非同寻常。同学和她，要一起跟双方的父母吃饭，因为虎娜学习太厉害了，同学担心虎娜一口气学到六十岁，最后再把数学修好了，无法控制，学习越好，人越漂亮心越野，同学这么认为。虎娜虽然不这么认为，但这一年两人准备谈婚论嫁。

虎娜说，你放一百个心吧，我数学修不好的。

双方父母正在进行友好正经的谈话，其实住在同一个区，彼此间早就心知肚明。

两个人谈朋友的时候，同学的父母是反对的，因为同学家条件差，虎娜家略显富贵。同学妈妈说，这孩子眼睛晶亮晶亮的，又出国，你们俩无法长久。

同学却不这么认为，他觉得，他爱她，即便这个爱越来越费劲了，但爱成惯性了。他想这么解释母亲肯定不会懂，就说，我们准备结婚了。

到这个时间，虎娜和同学已经异地了两年。

两年间，虎娜一直鼓励他说，你学习下法文吧，我在这里等着你。又远隔重洋地托关系给同学介绍了语言学校。

同学说，我爱你，但我真的不是这块料。

虎娜不信，说，我自己都可以，你一定也可以的。你那么聪明。

到办签证的时候，虎娜用法文问同学简单的问题，同学的脸上都是问号，虎娜说，我问了老师，说你一节课都没有去。

两人第一次不欢而散。

棒棒糖在当时看起来像钻石一样坚固。

后来虎娜放弃了,说,那你就在中国吧。我回来跟你结婚。

父母问他们俩的打算,虎娜说,我就回中国吧,但我只能接受回到北京,这个地方,我肯定不会回来的,这是我的极限了。

同学的父亲咳了一声,缓缓地给两家人倒水,席间大家吃的不多。茅台酒开了,是同学买的,味道一开始很柔和,香气慢慢充满空气,让整个包厢带着醇厚的中年家长气。

同学爸爸说,你们俩别陪着了,出去玩吧,我们大人间谈谈事儿。

虎娜拉着同学的手出来,觉得自己已经成亲了,那个状态有点不一样,她滴酒未沾,怎么就晕晕的有些醉了?

同学很安静,拉着她的手,上车,说我们去山顶看看吧。

路上,就开始下雪了。

你有过被上天祝福的某个时刻吗?后来,虎娜一直都盼望有人能问她这个问题,她就会回答是这个时间,自己喜欢的人喜欢自己,然后,要和自己喜欢的人结婚了。

然后,开始下雪,世界变得非常安静,像只有他们两个人。

山顶上的世界,雪变得更加具象,因为有巨大的景观灯,照向山下,大雪如瀑布一般的,由近及远。

同学安静了一会儿,然后说,我们分手吧。

虎娜觉得这不大符合常理。

于是看过去,想再确认下。同学说,我配不上你,我们家也配不上你们家，我们就算了吧。

风突然变大了，景观灯发出一声闷响，由远及近地逐一熄灭了。

山顶一片漆黑，虎娜的内心也是，她说，你在开什么玩笑，刚才在父母面前说的什么话？这到底是怎么回事？三天后我就要回巴黎了，你现在送我这么大一个礼物？

说这段的时候，虎娜的眼泪就连续地，没有办法控制地奔涌出来。

同学说，我已经说得很清楚了，这里太冷了，上车吧。

虎娜上车的时候，依然感觉不到暖，为了显得很酷，她出来的时候穿了刚刚盖过膝盖的短裙，脚上是双短的平底羽绒靴，同学妈妈看着她的腿说，不冷啊？

她说，法国都这么穿啊，比咱这儿温度还低。

现在她觉得，车里比法国温度更低。她哆嗦着，眼泪止不住，可家又很近。

虎娜坐在车里，不想解开安全带，说了一句一辈子都不想再说的话：我们还是要把事情聊清楚。

多年之后，她说，这句蠢话，永远不要从女孩嘴里说出来。

要有人跟你分手，你必须转身就走。

那时虎娜没有转身就走的能力，然后她看见背包上的棒棒糖，碎了，宿命般地碎在了包裹它的糖纸里。

陪我去北京没碎，陪我去法国没碎，在今天，碎了。虎娜觉得自己失去了这个棒棒糖，哭得伤心欲绝。

同学过来给她开了车门，示意她下车，她不，同学把她拦腰抱下来，放在雪地里。

她的手抓在车门上，感觉车门都摇摇欲坠，泪掉在雪地里无声无息的。

楼上的灯亮了，整个小区怎么这么敏感？眼泪落在地面上明明没有声音啊。

车扬长而去，虎娜的鞋子掉了一只，不知道掉哪里了，虎娜觉得竟然不冷了，脚站在雪地里也没有什么感觉。

背后就是家，可是怎么感觉无家可归呢？

同学的车痕，迅速被雪覆盖了，刚才撕扯的痕迹，也被雪覆盖掉了，眼泪基本上流完了，妈妈下了楼，说虎娜，上去睡觉吧。

虎娜说，妈，我的棒棒糖碎了。

妈妈说，好啊。包也该换了。

虎娜回到北京，妈妈再也没有问过她谈恋爱的事情，倒是经常关心她是不是正常吃饭，以及在冬天的时候，不要穿得那么少。

感觉不冷，其实还是冷啊，妈妈说。

这一年，虎娜三十三岁，单身，住在北京四环外的一个小公寓里，做设计师的工作，变成了一个没有前程没有来历没有所谓的人。

有天看到一个陌生电话的未接来电，又在微信里被莫名其妙地拖进一个高中群，再看到有人祝福同学说，喜得贵子。

未接来电，就未接吧。没什么。

虎娜没有再谈恋爱，目前有一个没有办法描述的朋友，被她称为老师的人。

奇怪的事情发生也不能让老猫虎娜有什么惊讶，这个男人逢年过节的，就招呼她去他家里吃饭。

每天两个人就在微信里聊天，说天气也好，历史也好，地理也好，但没有早安晚安。

他跟她一起打游戏，带她进阶，大号跟她是闺密关系，小号跟她是密友关系，就是没有情侣关系。

虎娜也没有追问，只在一次事情发生的时候生了气。老师去外地出差，把家借给了另外一个女孩子，虎娜说，你这算是怎么个老好人人设啊？对方说，这不是很正常吗？

两人不欢而散，一周没有再联系。

这个时候，快递上门了，来了一个大箱子。

虎娜定的小羊排到了，虎娜拆开冷冻箱，发现自己定多了，就打开冰箱开始腾地方，怎么办呢，总得放进去，来了也不能退货。

终于,成功放进去了,虎娜长吁了一口气。

然后门铃又响了,又是快递,说,刚才少送了一箱。

虎娜打开冷冻箱,发现里边还有一只完整的羊,冻得硬硬的,姿势很撩人。

看了下订单,确实是自己想收藏的,但付款的时候,忘了按取消键。

虎娜和羊坐在客厅里面面相觑,虎娜偶尔看电视,又回过头偷着看羊一眼。

再过一分钟,虎娜搬着羊,敲开了邻居的门。邻居是个做电台编辑的大姐,打开门的时候吓了一跳,说,从猫眼里看,你真的很可怕啊这大半夜的。

虎娜不好意思地讲了讲前情,大姐说,不好意思,我家里根本没有冰箱。我怕吃凉的,你现在都要离我远一点,这羊寒气好重。

虎娜带着羊回家,继续面面相觑,偶尔看电视,偶尔回过头来,看一下羊。

只好给老师发微信说,行了,开始说话吧。

老师说,好的,我赢了。

老猫虎娜觉得,这小小人生,哪有什么输赢啊。

然后拨了电话过去,你家冰箱有地儿吗?现在腾空它,我要带点东西过去。

HUO WU

火 舞

生死大事发生时是来不及哭的，重要的事情也无法排序。

大火来的时候,你先听到噼里啪啦的炸响,那是电器什么的爆裂之声,在火里像愤怒的栗子,死亡或深或浅的,脚步凌乱不详。

人是蒙的,一是沉睡中被惊醒;二是离死亡很近时候的震惊,这是怎么了?

关于火的认知,只停留在电影开场前,每个电影院播放的消防安全宣传片。捂住口鼻,弯腰前行之类的,火舞那刻突然清醒过来,然后将茶几上的一杯水,洒在了毛巾上,塞给了同样半梦半醒的男朋友。

如果昨天谈判顺利,他现在应该不是自己的男朋友了。

但谈得不顺,两人都累了,像这些年来每次吵架一样,火舞厌倦的日子,厌倦的话题,被爱的人有恃无恐,她总能直视着对方的眼睛说："对，我就是不爱你！"

表白没有经验，拒绝很有经验，可也过了这么多年了。

几年？五年总是有的。

一想起还要跟他过若干个五年，难以计数的五年，火舞就绝望。

昨夜的绝望发生在和他沉默地吃了晚饭之后，男人去洗盘子，他略有点洁癖，洗盘子先用水冲一冲，再用洗洁精浸泡一会儿，再拿出来细细地擦，百洁布和盘子发出细微的摩擦声，却在火舞的脑中无限放大了。

火舞没有自己爱的那个人的朋友圈，火舞只有爱的人的女朋友的朋友圈，这两句话有点让她恼火。

她看到这个女朋友喜滋滋地摆圣诞树。想着他疲惫地回家，给她一个拥抱，她已经习惯了，甚至会推开他，说，一身烟臭。

火舞是那个时候愤怒的，说："我们分手吧。"

男人停下来刷盘子，摩擦声戛然而止，他抬头看她，缓慢地问："什么？"

火舞受不了他的缓慢。

他缓慢，沉默，行动笨拙，尤其是在火舞面前。

此刻，她把毛巾推给他，也不知道为什么。像是责任义务一样的，觉得，自己可以死了，如果必须跟男人过一辈子，她觉得现在可以死了。

反正，自己爱的人，在另一个家里，和另一个女人，被平静地对待着，甚至视若无物。

想着他在另一个女人身边睡着，睫毛长长的，鼻息清晰但细弱，她就有一股怒火。

但这一刻，她觉得身边的男人不可以死。

他彻底醒过来了，试图拉开卧室的门，观察外边的情况，但这个决定显然不对，火迅速要席卷到卧室里来，带着浓烟，外边没有路，一只猫从客厅冲进来，尾巴上带着火星，惨叫一声，倒在了门畔。

来不及检查猫的情况，火容不得他们再作停留。

他少有的快速，迅速封上卧室的门。

从枕边抢出一个手机来，再把通往阳台的门打开，阳台那么小，只容得下一个人。

外边空气迅速冲进来，鼻子里好受了一些，浓烟已经肆虐在整个卧室里，止不住的眼泪鼻涕。

火舞被塞在阳台上，拼命叫他，你也过来。

男人尽可能地把脑袋露出来，跟她说，打火警电话！

他很少对她如此果决，坚定。

他很少要求她。

他是她面前的不存在先生，小白兔或者另外柔和的任何动物，可被攥握踩躏甚至抛弃。

火舞越懂这点,越觉得他不该死,他应该被喜欢被爱被崇拜,唯独不应该在她这里被伤害。

颤抖着报了地址,火舞把他拽到阳台上来,自己回到卧室去,人的潜力真大,她的右手已经感受到火的热力了,觉得上边的细软绒毛迅速被烫得卷曲,空气中都是焦煳的味道。

火舞恨自己,这个时候,想的仍然是他,他今夜可否安睡,他的圣诞快乐吗?

她没有和他过过任何节日,讽刺的是,每次似乎都有安排,但最后都错失了。有的时候因为加班,有的时候因为天气。总之,在她单身他也单身的日子里,他们就是在节日里出各种状况,无法捅破那层窗户纸。

五年前的圣诞节,火舞觉得,必须得表白了。女生怎么不能表白?就算对方是根木头,也该感觉到了吧。

她关心他,日常提醒天气,偶尔在他工作出现问题时陪着他喝闷酒,两人什么都不说,最后他送她回家,她挪步很慢,等着他叫她,或者等着自己下了决心跟他说,要不上楼待会儿?

但这句话,硬是说不出来。

独立害死人啊,她说。

五年前的圣诞,北京大雪纷飞,难得一见。

北京什么时候变成不爱下雪的城市了?是不是因为人太多了,形成热岛效应,愿望挤在空中,满满当当,没有给雪留地方。

但那夜下大雪，路上堵得水泄不通，空中俯瞰的话，四环、三环应该像汽车尾灯组成的红宝石项链。

火舞被堵在国贸桥，跟他说自己可能会晚了。

他说，没什么，自己也堵着呢。

火舞在车上睡着了，然后醒来，车才往前挪了一站地。

再看朋友圈，他已经在另外一个女人的朋友圈里了，女人说，金石为开。

他笑得很甜？是笑了还是没笑？记忆被篡改了，或许只是火舞的一厢情愿，或许连这条朋友圈都没有。

但事实就是，他和另外的女人在一起了。

火舞那个时候觉得命运就是如此，表白晚了一点，错过了一个时间点，爱情就远离了。

他给火舞发信息说，你别赶过来了吧，也挺堵的，而且，我……竟然谈恋爱了。

火舞说，看见了，要幸福哦，我终于可以不用陪你这个单身狗过节了。

火舞跟司机说，太堵了，我下去吧，走走。

司机也觉得是种解脱吧，说等下了主路吧，火舞说，不碍事。

一下车火舞的眼泪就掉下来了，怎么也止不住。

大雪天，人走起来跟踉踉跄跄的，她穿驼色大衣，里边就一层长丝袜，却丝毫不觉得冷，现在三环不像红宝石项链了，像响尾蛇，伺机而动，吐着芯子。

火舞在这一刻失去他了，在准备表白前的一次堵车里，在堵车时候的一个困倦里，人生就是这样的，有时候毁在一场考试上，有时候毁在一个决定上，可有时候，只是毁在一个盹儿上……

也可能会毁在一棵劣质的圣诞树插座上。

火舌就在身后了，客厅的窗户发出爆裂声，消防车的声音由远及近，像希望一样，总觉得有，但总不到。

楼道里有邻居发出各种声响，但房间里的热力，像岩浆般滚烫，向唯一的窗口扑来。

火舞的眼睛睁不开，喉咙里被塞进了无数刀片，热像只巨手，要将两人拦腰抱起，拉回屋内，和这些日常生活，一并葬了。

火舞被拖到阳台上来，她被男人拦腰抱起，死死的，身体悬空，栏杆也是烫的，他紧紧地抱着她，让她把头伸到外边去，跟她说，呼吸。

火舞有那么一个瞬间要放弃，觉得这样也挺好的，安逸。

只是，很多事情没有交代，不知道父母能不能料理清楚。原来，生死大事发生时是来不及哭的，重要的事情也无法排序，那个时候，她想交代的事情特别多，想见的人特别多，但都不具体，他们拥挤不堪，彼此侵占，最后化为乌有。

化为乌有挺好，肉身，思念，还有执拗，全都烧了，挺好。

四年，火舞都没有谈恋爱，这样想想，梦里也会苦笑。

除了打扫阿姨，没有人知道，她床头柜里，有一沓子那个人的照片，有的是拍立得拍的，有的是手机照片打印的。

火舞的钱包烂烂的，是他送给她的唯一礼物。

只有火舞知道，在哪里都拿着。

有一次丢在餐厅了，她疯了般地跑回去，在沙发底下找到它，她跪在地上姿态全无，但看到钱包乖乖地躺在角落里，立刻笑了起来，嘴巴里的气喷到脸颊上的头发上，被现在的这位男朋友笑，说，这么爱钱啊。

火舞根本不解释，站起来说，是啊，就是很爱钱。

男朋友那个时候还不是男朋友，帮她拍了拍牛仔裤上的尘土，说，谁还用钱包啊，除非它是个纪念品。

火舞心里动了几下，脸红到脖根，被人识破的感觉并不好，即便对方是无心的。

到了圣诞节，收到了一个新钱包，这个男朋友送的，男朋友说："也该换了，我喜欢你。"

火舞零星地知道了他们要结婚的消息，觉得，钱包确实该换了。

她特别无耻地跟男朋友说："但我不爱你，你能受得了吗？"

男朋友说，那样我会累些，但……行吧。

她被男朋友拥抱，身体僵硬。

第一次住在一起，喝了很多酒，他紧张地吻她，她把头躲开了，灯关掉后，酒力发作天旋地转，火舞觉得，行吧。

和他的一年，火舞充满歉意，像此刻可以自己去死的意念对等的歉意，没有深吻，拥抱很浅，冷漠又坚决，他的底线被她的界限不断压低。

那个他幸福吗？他每天回到家，可以得到一个笑脸吗？火舞无数次代入自己到他的生活当中。那是和现在此刻的她截然不同的她，她可以是只猫，也可以是条狗，是个贤良的每日存在的祝福，衬衫被分门别类地挂起来，袜子都要精心熨烫，以至于，有时候，她在清晨醒来，听着身边的呼吸声，幻想如果身边躺着的不是这个人，是另一个。

她羞耻地觉得，她怎么舍得放开他，她忘了已经多久没有认真看过自己的身边人，可认真看对方明明是——热恋中最应该发生的瞬间，做爱后不可或缺的余兴节目。

被爱真的是很累的事，被不爱的人爱着堪称辛苦。收到任何礼物，那些礼物都因为不爱而变得毫无神采，而当对方深情凝视自己，愧疚就盘踞在胸口压成巨大的石头，她几乎不敢看他。

而另一个他呢？五年间，她不间断获知他的消息：他换了工作，生了孩子，最近又出轨了，出轨对象让所有认识他的人都深感不平。他优秀，俊逸，似乎无懈可击，在那些爱他和不爱他的人眼里都如此。可出轨对象，看起来皮肤粗糙，身材臃肿，毫无魅力可言……他需要什么？为什么是这样的？

火舞百思不得其解。后来听到的故事，是正妻讲给她听的，正妻当火舞是闺密，认定火舞和丈夫只是普通好友，她的讲述没有波澜，像条习惯了守护羊群的牧羊犬。

她说，你知道吗？火舞，这个人滴水不漏的。直到有一天我接到了电话，一个女声说，我现在把他还给你了，但你要对他好一点啊，穿衣吃饭该管的要管。

火舞听的时候心里在疼，觉得想问问正妻同样的问题，你为什么不管他？

正妻像听到了她内心的问话，正妻说，我又不是他的老妈子。

火舞在那一刻放弃了跟正妻的沟通，她觉得，如果这些行为不是发自爱这个人本身，确实找个保姆能够解放正妻的双手和时间。

但正妻不是爱他吗？不是轰轰烈烈奋勇表白吗？他不是选择了她吗？这些疑问，火舞准备全部放下。

如果此生就此结束，火舞在这个瞬间想，我就是有一个委屈，我没有告诉过他我爱他。

可此刻，她在昨天要分开的男朋友的怀里，呼吸困难，意识变得模糊，消防水喉里的水带来的冲击力和水汽让她略微清醒,她看到猫被救了下来,身体已经完全瘫软,拉成了一尺多长,像一条肥厚的黑围脖,再然后,他们从阳台降落到地面。

在此之前,他看着她问:"如果我们这次不死,你能不能跟我好好过日子?"

火舞心里想,如果对面是他,她是不怕死的。

可现在对面是这个他,她竟然也是不怕死的。

火舞说,好。

说完好之后,她就降落在地面上了,救护车的声音响彻了整个楼群,被抬上车的时候,她突然想看看,现在这个男朋友到底怎么样了,在晕倒之前,她迫切想知道这个答案。

你和一个人经历了生死,就会对你们的关系有改善吗?

火舞有应激反应,夜夜做噩梦,任何声音都会惊醒她,她一遍遍关掉家里的电源,再检查门窗空调,再躺下,再起身检查。

有时彻夜不眠。

火舞最后给男人道歉,说,我还是没有办法跟你继续生活。

新年来临时,火舞渐渐恢复了正常。

离婚的那位,说,出来见个面吧。

不幸的是,她又堵在路上,提醒自己不要睡着了,还提醒自己说,如果对方不爱自己的话,就千万别来受被爱的苦吧。

车子停下来,火舞推开车门,说,我还是自己走着去吧。

这年圣诞,没有下雪。

SAN SHENG

三生

人最痛苦的是，你无法选择自己爱的人。

你有没有认真等过一个人？

三生等过，是看着时间一分一秒过去，自己什么都没有做，也什么都没有办法做。

比如看着手里的手，心里想着微信的对话框，一切是空白的。有时候正在家里，什么声音都没有，就等着对方的敲门声，时间无声地滑过去了，也在心头来回碾轧，让她透不过气来。

她说自己没有恋爱命了，这样的女孩，好像能数出来很多，但大家都安之若素，搞得三生也觉得自己不可以再为此纠结和唠叨，恋爱故事讲过很多次了，不幸运成了她的标签，导致大家像等着她分手似的，等着她闹笑话，这可真的不好。

吸引力法则说了，宇宙可听不到你的具体指令，你内心意志讲着不要失恋，它截取的关键词是"失恋"，不是"不要"。

这样的理论也信，三生自己都觉得可笑。

人要是能真的不疾不徐就好了，三生已经接近三十岁，以为可以来去如风内心笃定。后来发现自由是假象，没有真的自由，你爱什么，就被什么控制，你想要什么，就被所想要的东西牵制，三生在很多东西上可以轻快，唯独这个男人，让她不能不露声色。

内心戏当然是更多的，其实相信对方也感觉得到，所以那些谨慎小心碎碎，最后都变成了压力，有时候两人都不说话，就有一个人抢着出来发声，以消解尴尬。三生心里明白，两个人能持续沉默才是真的彼此了解，不用过多说话，最好不说话，只剩量子纠缠。

那是一种意识上的胜利，生活上，会变得挺无聊的。三生有时候独自一人吃饭，发现那些来到店里，专注吃饭的必是多年的伴侣，彼此默契，没有响动，偶尔聊菜，男人大剌剌地看着手机，女人吃着吃着，拿出购物袋的小票端详，再把自己不吃的，直接夹给男人，男人默不作声，直接吃掉了。

这种信任感，必是靠多年的积攒形成的，但这样的未来让三生觉得无聊，想想，如果将自己最爱的男人，变成一个吃饭做爱买东西的搭子，那真是很可怕的事情，所以谈什么控制不控制，真正的控制是无形的，基于了解的爱不会一直熊熊燃烧，爱会变成习惯，习惯则不能每天都保持高频率高强度。

健身教练说，肌肉对于人类其实并不需要，工作强度增加比如农耕才促使人类产生了肌肉，好看是附属价值，有用才是肌肉的本意。

这么想起来，大概知道为什么很多人恋爱后发胖了，人失去了主动性，放松了警惕，锻炼肌肉像谈爵士法国文学非要在视频丛生的年代里看书度日——你选择的完全不是生活必需品啊，闺密说。

弄清楚这一点，三生觉得悲观，之前觉得自己谈恋爱并没有要求很高，现在知道要求高了。

所以对现在这个男人，三生保持着刻意的低调，对感情感觉的低调，有十说一，做不到顶多说到三，想念换成别的词，换成天气、新闻、动态表情，三生说这种技法是好的，可怎么更年轻的时候没有学会呢？

但，必须建立在可控的范畴内，可控意味着爱的浓度一般吧。

现实里，这么对爱斟酌的人不多吧，三生想，或者真的是，生活太过安逸，没有其他的痛苦需要咀嚼。

男人并不作声，男人有个七年的女朋友，在他看来，聊胜于无了，像妻子、室友、床上的靠垫、家里的摆设，总之不是女朋友，男人之所以很好，在三生看来，是从来不指摘妻子的不是，只说自己的不对，说自己不知道怎么努力，才能不让这个女朋友成为妻子、室友，床上的靠垫或家里的摆设，对于无法再爱又必须坚持给她这个身份，男人解释说是因为习惯和责任，在他最差、最需要帮助的时候，女朋友在他身边，现在他喘过气来了，不能放弃她，放弃她意味着当时的感激不纯了，自己忘本，辜负他人，良心遭受谴责。

所以，三生喜欢他，他也知道，但他跟三生很明确，三生也只能很明确，两人可以见面，但必须保持距离，偶尔喝咖啡聊天，聊文学音乐和别的什么，三生不敢有期待，所以反而对每次的联系变得期待更高，于是有了一次又一次的等待。

等待让三生焦灼不安，有时候觉得自己像根蜡烛似的，快燃尽了，又在下次对方出现的时候，变得热烈。

他们不越雷池半步，彼此心知肚明，但男人从来不说破什么，三生内心的期待像气球一样鼓胀，尤其是当大家聊到一件事一本书一首歌，看法一致甚至心情都是相同的，三生就连带着更喜欢对方了，但因为对方不能喜欢，只能修饰为，喜欢和对方聊天的感觉。

为此，惴惴不安。

她说，惴惴不安多好啊，不安是年轻的表现。

让三生不安的有很多，比如，对方长久不回微信的时候，空气变得寂静无声。三生最后克制住了给对方打电话的念头，一来这年头只有快递和卖贷款的电话才敢这么猖狂；二来，有损她的仪态，焦急如果被人看到，就是真的焦急了。

人最痛苦的是，你无法选择自己爱的人，这个人出现了，一切都是对的，除了他有女朋友之外。三生没有侵占别人胜利果实的羞耻感，也没有要去侵占别人胜利果实的冲动，三生只是喜欢这个人，喜欢到什么程度呢？觉得这种喜欢无关道德。

就是真的喜欢而已，你可以谴责我，三生说，但我真的是不慎喜欢上了一个有女朋友的人而已，不慎，真的是不慎，但我真的没有想得到过什么，只是偶尔见面聊天，看个电影。

三生说得轻描淡写，但内心知道，自己选了个难题。

三生为此付出了代价，影响心情，调整行程，有时候导致整个旅程泡汤，因为迫切要见到对方一面，觉得一切都是阻碍，时间、天气、温度、湿度，对方是否感冒，自己是不是神清气爽，都是阻碍，至于对方的另一半和另一面，三生无从得知，也不愿得知，这个人就是她此刻的月亮，阴影部分不用求证。

对方跟她有默契，从不提及，他们也不做爱，只是聊天，偶尔拥抱，他们的感情无关未来，好像也无关过去，只在此刻。

此刻过后，又是一段循环，那种逐渐累积的不得不见的循环，所有的爱情都是自以为是的，三生从不偏听偏信，也过了大张旗鼓的年纪，除了等待时全身细胞向着一个方向之外。

三生理解这是一种爱，这种爱，超越了大家的理解，但她有时候也排斥自己这么想，这样会让自己更孤独，不被理解最为孤独，这种痛苦说出来都会让人笑，有时候她又可以伸长脖子看向远方，带着自我戏谑的意味，那就是：我看看后边还会发生什么？

后边发生的并不陌生，每对孤独的灵魂，在找到另一个之后，都会选择继续漂泊，或者囿于现实，试图挣脱这种恐惧，要马上返回舒适之地。这么想着的时候，时间又过去一个上午。

三生坐在家里，喝了最大杯的美式，外边的春天扶摇直上，此时的天气，正是三月，屋里比室外还冷，窗口大棵的玉兰花，在大风中艰难绽放，看似毫无依托。

此刻她等待的是，对方今晚来不来找她，阻碍已经出现了，比如风很大，对方身体不适，今天工作很繁重，明天有重要的提案等。

唯独三生可以没事，事实上当然是有，但她把自我的一切都排除掉了，除了约定的那一天，还排除掉前一天和后一天，这见面那么重要，需要她认真对待，不知道他怎么想，她也不敢问，她觉得卑微是好事，有人值得自己卑微是好事，心无旁骛这件事在认识他之前有过，在认识他之后再也没有出现。

她已经忘记了不记挂不思念不惦记着一个人的日子了。三生在这个时间里会感到真的恐怖，就是原来人生的对话框里，她把一个人置了顶，却对自己在对方那里的位置一无所知。

但如果追求对等的话，这关系也早就不见了。

三生要陷入忙碌中，才可以把心里的火压下去，她擅长为自己布置工作，认真地刷碗、擦地、整理鞋子，为裙子们找好安放之所，电话时时放在手边，偶尔敲击一下，它是坏了？没有信号了？还是怎么了？

总之，等待他回复的时间，是三生最难熬的时间，但等到回复亮起时，又觉得一切都是值得的，没有人能懂的煎熬，换来没有人能懂的值得。

三生说起自己的恋爱运，就笑着说，我也和命运抗争过啊，但现在不抗争了。

她有段时间，努力相亲，认真找男朋友，把感情这件事当成项目来对待，微信里加上对方，像养电子宠物似的，跟对方聊天如同喂饲料喂水陪他打球，需要定闹钟提醒，唯恐因为自己失责导致对方出状况。

但这样，对方还是经常被她放在工作之外，忘了。

等想起来，再去跟人聊天，对方都觉得陌生，像被硬生生拉回到桌上，吃昨天中午剩下的菜，续昨天未尽的话题，你说谁能受得了呢？三生理解，共情能力甚佳，自己也觉得没劲，就放弃了，心里说，哎呀，一个电子宠物，又被自己养死了。

她说，你看我在感情里不是不努力啊，但怎么努力结果都这么差。

三生觉得在感情里，自己错过多于过错。

比如有一个人，跟自己见面后，聊天，互动，非常美好愉快，两人商量见面，有个电影要看的话，大概时间需要探讨，探讨时间的过程发现对方很有趣，又聊了其他的，三生觉得自己要恋爱了，那种感觉经久未见。

然后三生接到了临时出差的电话。像，那些言情剧里，女主角奔向对方的时候，被车祸干掉了一样。

三生没有在机场的路上被车祸干掉，收拾完行李，三生没机会看手机，就直接去机场，偏偏又在上飞机的时候手机没了电，又遭遇交通管制，在机舱里闷了三个小时，再飞，再落地，入海关，入住酒店，寻找转换插头，充电的几分钟里，三生内心有几种画面。

比如，是不是对方很担心，表示不安或者想念。

比如，是不是对方非常愤怒，对这样的不告而别表示不可理解。

甚至，对方毫无察觉。

但结果，竟然不是这三种当中的任何一种。

是，三生发现自己认识的一个朋友，朋友圈里，秀了两张电影票和两个人，两个人中，有一个正是和自己聊天的那位。

他们在电影院里比了心，自此真的，就过上了幸福的生活。

后来有幸得知他们后来的故事，三生为这次错过笑出了声，蝴蝶效应般的生活真相，原来是我的关机，促成了你们的幸福啊。

中间这段七个小时到底发生了什么，三生没有再追究，人生不堪被追究，没法追究如何爱上一个人，也没法追究如何失去一个人，它是个综合的难以明言的变量，三生确信，可被改变的，总可被改变。

等待终于得到了对方回复说，我今天没有时间。也没说为什么没时间，自己在干什么，反正就是没时间了，他总是这样明确，三生松了一口气，觉得妆也化了，衣服散发着香气，应该出去走走。

这日下了很大的雨，路上的行人都被冲走不见。三生跑到一个商场里闲逛，冷气太足，三生的薄衫有点儿过于单薄了。

她坐着电梯上行，然后看到了自己刚刚等来回音的那位，乘坐着下行电梯下来，他的双手无意识地扶在下行一级阶梯上的女朋友肩上，也似乎毫无意识地揉捏，对方很享受，微胖，表情似乎透露着对生活的不够满意。

他注意到她，两人的目光交错，三生下扶梯已经来不及了，只能任自己迎着目光向前，她想应该做些什么，但真的，那是电影里的女人们才会干的事儿，现实中的人，只会任由自己被暂时的蒙控制，然后上演真正的擦肩而过。

三生跑到了户外，外边依旧在下雨，但这一刻她迫切想回家，她需要干燥的空间，柔软的床铺，冒着热气的热水澡。急切需要。

三生这一晚洗澡洗了很久，走出浴室看着镜前的自己，认定了自己是过错大于错过的。

更多的痛苦，其实不是来自错过，而是来自不该选择。

若没有真正的平等、自由、安全感，那些假想的妥帖无伤大雅都不复存在，不管她用任何的借口来宽恕自己，比如我们没有肉体接触，我们只是精神上的互相吸引，即便是精神上我们仍有一层窗户纸需要捅破，她也是一对关系中的第三个人，如同上下扶梯的两侧，如同，她会理所当然地接受他揉捏自己的肩膀，且可以露出满意，不满意，都可以。

男人总是毫发无伤，获得更多的资源和权力，而一旦你将约会权交付给对方，你会在等待下一个决定时失去更多。

她选择删除了对方，对自我要求更加明确，她现在戏称自己到了不再与命运抗争的日子，但她绝不再意气风发地走向任何一段假象。

每个不恋爱的女人身后，都有一大堆不恋爱的理由，三生根本不在乎，对啊，我没有谈恋爱，我很想谈，但我就是恋爱运很差啊。

MIAN BAO
面 包

自己再怎么爱自己，也不是被爱。

面包之前不胖，后来和丈夫离婚后，变胖了。

面包笃信"一切都会好起来的"。把这句话当作人生的座右铭在用，用着用着，也就信了。

男人若净身出户，必然带着一点爽快和仗义。被人鄙视的也不是那些留在家里的，他们又被人说浪子回头可知道疼人了，谈起那些被辜负又选择原谅丈夫的女人，人们倒是带着怜悯，说些哀其不幸，怒其不争的话。

大意是，也不知道这男的有什么好，值得她一再原谅。

已婚女人的人际关系圈，哪有那么多的解释空间，这个男人跟你在一起七八年，早已经变成了生命的一部分，你没办法解释，这个人到底哪里好，但就是觉得，像一片完整的薯片，被凭空折断了。

你这样，不感觉很疼吗？面包后来吃薯片的时候，演示给另外一个朋友看。那个朋友是独身主义者，说，你不知道吗？这些薯片跟婚姻似的都是薯泥重新打成完整形状的？你怎么认为它原来就是这样呢？

面包听得服气。

但若你要听他人置喙，那女人没有什么存活的余地，面包后来变成抽烟喝酒烫头的厉害女人，让人三尺之内感受到气场，断不可忍，那是没办法的事情，有办法的，谁把自己逼成凶巴巴的呢。

没有人非得说离婚了就是不幸，在大城市里，幸福和不幸都在一线之间，也在一念之间。但离婚自然不是好词，所以面包的父母都避开这个词，说你们分开，不说离婚。春节的时候，面包陪父母看电视，电视里演着离婚的戏码，他爸向来不管电视内容的事儿，竟然直接从沙发上跳起来，咔嚓就把电视关了，面包心里难受了一下，足见这件事儿对他们俩的伤害。

父母在这个时代里，看各种事情已经见怪不怪的，但那是看别人，真轮到自己女儿，伤筋动骨，一百天都好不了。

春节过得冷清了，没有仪式感了，女婿凭空蒸发了，女儿在七年之后，又恢复到出嫁之前的样子，彼此都不大适应，像个陌生人，双方都有点不舒适。面包觉得国家定七天假期真好，避免双方互相报喜不报忧到弹尽粮绝。

面包回到自己家,冷锅冷灶的,顿顿吃起外卖。

突然起身,找出来个本子,把自己必须依靠丈夫完成的事情,一一记了下来。

写下来的时候发现不多,新式的离婚妇女有多种活法,大部分对外都显得独立又平静,回到家怎样只有自己清楚,更大龄的那个朋友,在嘉里中心的红酒屋里笑。说,你看看你,年纪还轻,老公本就配不上你,现在还告诉你不爱你了,跟你离婚,自己净身出户,你得了房子,没了老公束缚,你是人生赢家啊。

听起来很爽的样子,面包这样想,决定再多喝点,把自己灌昏迷了了事,这位字字珠玑的姐姐,去年在买花的路上摔了脚踝,不能下地,男朋友鞍前马后伺候着,后来转正成了丈夫,丈夫有的用处,大多是不能展现于人前的,公众语汇当中,他们笨拙、粗鲁,对浪漫没有进取心,若事业差些,再不会做饭,那简直就等于是个废物了。

但他们也有好的时候,比如,你脚受伤了,谁帮你盯着那些粗手粗脚的护士,再楼上楼下地跑医院流程,买轮椅,买拐,斟酌你今天是吃小米粥还是鸡汤,便于你的脚养好些。姐姐没有讲,只说你大可不必伤悲。

面包想起这些,又多写了一个需要丈夫完成的理由,就是,万一摔坏了腿,丈夫使用起来,可以毫无愧意,因为你是法定的，国家认可的，在女方出现紧急情况时必须出现的人，因为，你是丈夫。

面包看着本子上记的，包括，清理电扇，搬矿泉水，办理汽车保险，跟物业打电话，和邻居争取楼道内的空间，帮着跟公司请病假，如此种种。

面包有惊人的发现，除了体力上不能完成的，大部分丈夫做的，竟然都是她心里不能完成的。

面包离婚这一年，开始默默地练本事。

先从跟邻居打交道开始，邻居老头子，可能家里被压迫惯了，就只在楼道里抽烟，每次抽烟，必吐痰，每次吐痰，必然从喉咙里打井一般，来回咳嗽个十数分钟，日常倒还好，周末的早上，被老头的痰声咳醒，不是什么美好的事儿。有时候，老头出来晚了，正赶上面包吃自己的美式早餐，他一出场，连咖啡都喝不下去了。

面包鼓起勇气，在公司打印了禁止吸烟，贴于两家的楼道中间，黑体，加感叹号。

老头似乎不认字。

面包只好去敲门，老头没出来，对方女儿出来了，说，怎么了？面包说，咱们楼道里不能抽烟啊，味道重，主要是声音也有点大，不好意思。

女儿脸上带着笑，问，你怀孕了？

面包觉得这事儿真是不公平，健康的人若不带点特殊状况，维护起权益来总是分外艰难，面包为了让这个事儿合理点，只好说，准备呢。

对面的就说行，我跟我爸说一声。面包的笑脸还没有放下来呢，对方就咣当关上了门，女儿在门内跟老头儿说，爸，人家投诉你呢，你能不能把烟戒了？对门的准备怀孕呢。

老头子粗声大气，不是离婚了吗？

面包气得半死，仔细想消息是如何走漏的。

老头挪了抽烟的位置，到大堂里，面包下楼去上班，老头惊天动地地咳，面包转身上楼，把丈夫的那些打火机，全都给了老头，说，我离婚了，大爷，这些火儿我也用不着了。

面包觉得挺爽的，回去在本子上勾了一项。

丈夫还可以用来清洗风扇，周末的一个下午，面包都在和那个空气流通扇作对，明明只有两个扣绊，怎么就是打不开？说明书在哪里面包也找不到，之前这些事儿她只需发布指令就可以了，现在她坐在家里的地毯上，用改锥撬，最后放弃了。

她直接定了台新的，旧的扔了。

本子上又划掉了一项，顺带划掉的还有各种修理类的工作，能换新的就换新的，面包突然想明白了，这些事情，有钱就可以解决。

面包离婚，财产分割的时候，不算痛苦，因为两人的存款，

214

本来就在面包这里，丈夫说要自由身就好了，不用非得公正什么的，面包觉得难受的是，不盘点不知道，盘点一下，发现七年零落的人生当中，自己原来不善理财，包括，对投资一无所知，不能让钱变钱，开源不行，节流也不行。丈夫搬走了，其实并不大影响生活，只是生活成本因为一个人的关系，变高了。

更突出的变化是，面包不再做饭，大桶饮用水基本上一个月都用不完，公司里有水喝，在家的时间本来就少，面包坐在沙发上，看着饮水机，拿杯子出来接水喝，饮水机发出咕咚一声，里边一个硕大的气泡，冒到水桶的上层去。

面包坐在沙发上，替饮水机感到窒息，觉得它日夜被倒置，头牢牢地塞进饮水机里，不得呼吸。面包站起来，把水杯里的水倒掉，再倒满，再倒掉，让水桶里的水余下三分之一，到感觉自己可以抱动，就直接把桶抱下来了，桶发出一声断裂般的声音，多余的水洒落在地板上，弄得拖鞋湿答答的。

面包很讨厌脚踩在湿鞋子里的感觉，这个下午，她又扔掉了一台饮水机，一个水桶，一双布拖鞋，擦完地，顺便扔了拖把，光脚踩在地板上，旁边是个方形的印记，饮水机七年前进家门，没有挪动过地方，面包觉得，所有的家具下边，应该都有个印记，这个念头一发不可收拾，面包开始挪沙发，挪床，试图擦掉那些印记。

最后当然是失败了，印记太深了，有的地方地板起了皮，所以，无奈，只好再挪回来。

晚上，躺在床上，面包腰酸腿疼，她想起今天的一系列动作，感觉，像撕一块手指甲下边的死皮，一不留神，就撕破了整个手背，到小臂，到大臂，到全身，那种痛且爽的感觉，让她不得安睡。

她翻一个身，发现床发出声音，想起不久之前，丈夫和她近一年来的一次做爱，床也发出过这样的声音，有规律地运动时，它叫声更加明确。面包觉得不好意思，羞愧，按住床帮声音就小一些，会不会被隔壁邻居听到呢？想着这个，面包对这为数不多的亲密失去了兴趣（本来也没有），只专心等着丈夫结束。

丈夫似乎有所觉察，停了下来，翻身到旁边睡下了。

面包说，床坏了？

丈夫看手机，说，哪有，平时又没事儿。

面包说，但这样的时候有声音。

丈夫说，没事儿。

不知道他说的哪种没事儿，后来，他发出了一个轻声的叹息，在屋顶上盘旋，久久不能落地。

面包问，你叹什么气？

丈夫说，睡吧。

那句"睡吧"，像所有她想和丈夫聊天时的那句，他在这一年里，婉拒她所有的邀请，大的小的，现在想来，大概是掩饰会让人疲惫吧。

他也不睡，手机发着幽蓝的光，打在他的面上，他鼻尖变大了，跟少年时不同。

面包说，还看手机？

他说，哦，对不起。

面包说，不是打扰了我，是对你眼睛不好。

面包解释，免得他以为自己是个自私的人。

丈夫窸窸窣窣地起身，披上衣服，到阳台上抽烟去了。面包看着阳台上的火光，它一明一灭的像个监视器，记录下他们两个人熟悉又陌生的不和谐的房事之夜。

一旦什么事情变成习惯，就没有什么意思了。面包躺在床上，翻来覆去，丈夫似乎在观察她是否睡去，面包想跟他认真地谈谈，但他又点了一根烟，此时，身体向外站着。

面包快睡着的时候，他回来了，他轻轻撩开被角，带着一股香烟的味道，并不恼人，面包迷迷糊糊的，非常想跟他拥抱下，或者像当年，他揽住她，在她背上轻轻地拍，面包转向他，含混地说，我们好久没有拥抱过了。

丈夫说，像喃喃自语：我们……离婚吧。

丈夫离开之后，家里的各种东西像约好了似的，开始坏。

面包看着笔记本上的条目，发现自己有很多并没有写上，比如，下水道堵了，都是丈夫修的，穿衣镜下边的灯管不亮了，客卫的洗手间里，总有一股奇怪的味道。

面包把这些写下来，沉默了一会儿，发现家原来真的是由各种零件组成的，坏了任何一个，都形成蝴蝶效应，她因为洗手间的味道，吃不下饭，继而吃各种零食，最近又重了几斤。所以，面包这天没有上班，自己给公司请了假，删掉了笔记本上需要丈夫帮助请假这一条，在家里安心等物业，把家里所有的隐患全解决掉。

面包从来不担心丈夫有别的喜欢的人，因为他真的好倦怠啊，是那种人到中年的无力感，不知道他从什么时候开始，对什么都不感兴趣，懒得辩驳，朋友圈从不发图，偶尔转发下新闻事件，最兴奋的一次来自某场篮球赛，面包对此一无所知，但那天还是被很多男同事刷了屏。

面包不记得自己是怎么和丈夫谈恋爱的，怎么就记不得他曾经那么爱篮球，甚至不记得他爱看篮球赛，有自己支持的球队。面包看着朋友圈想，丈夫不是不爱她了，是不爱任何其他人了，他失去了对世界探索的能力，他希望，所有东西最好像篮球赛一样摊在他眼前，最后瞒着他的只是一个比赛结果，还最好是，他喜欢的那支球队赢。

是不是这样的？面包没有向丈夫求证过。但大概如此吧，不是所有人都能够对自我有那么清晰的判断，人对自己的了解，更多的时候，不如自己的手机，或者外卖和购物 App，因为那里记录了你真实且迫切的需要，在什么时候，你选择了什么。但人其实不大记得。

离婚后，丈夫租了一个房，过上了真正单身的生活，他没有避讳什么，别人问他，他就说，我离婚了。没有外遇。过不下去了。

但丈夫从来不发这些，个人的情感状况，生活场景，在他的社交媒体上难觅其踪。他乐得做一个没有痕迹的人，在网络方面没有任何遗产。面包想起当年和他在 QQ 上聊天的日子，面包说你真是个无趣的人，丈夫说，我想跟你说的，干吗非要通过这些说？

是啊，面包的 QQ 号早已忘记了，更别提密码，那些当年说过的情话，表达过的情绪，都沉船般再也找不到了，连个记载都没有。

物业修好了一切，家变得明亮又整洁，没有异味，面包又删掉了本子上需要丈夫完成的三件事，但面包的食欲没有变得更好。外卖来了，她打开它们，吃两口，再重新盖回盖子，外卖袋子被加注了"胃口不好"的情绪，似乎变得更重了。

这一切不是离婚带来的，面包其实知道，这甚至是让她沉入谷底的机会，重新开始人生的机会，她还没有大哭过，不知道为什么，因为两人分开理所当然似的，不然两个人都垂头丧气的，面包想好好洗个澡。

面包拉开浴室的门，门发出恐龙一般的嘶吼声，此时时间过了晚上十二点，这声音显得巨大又危险，面包寒毛直竖，觉得这声音像把利刃，要将她透胸杀死，发出尖叫的是什么？

面包再拉门，门继续尖叫。

面包仔细观察，发现门下边的密封条爆裂了，它的作用是阻止浴室的水溅出来，但它现在破裂了，像皲裂的脚皮般，和浴室地面形成摩擦，产生刚才那般恐怖的叫声。

这时候打不通物业的电话，面包蹲下来，把密封条拆掉，它经年累月了，显得疲惫不堪，断裂有三处，已经无法修复。

面包很想给丈夫打个电话，但还是放弃了，觉得时间上不合时宜。人和人就是这么奇妙，恋爱时这些小状况都可以成为两个人沟通的机会，现在却变成了避免自己成为累赘和麻烦的东西。更残酷的现实是，你已经没有麻烦他的资格。

离婚之后，你们是两个个体，但其实，离婚前也是。

面包翻箱倒柜找卡尺，想知道密封条的厚度，她到网上搜了下，今天定的话，明天可以到货，但她不知道尺寸。最后她买了三种，8毫米、10毫米和12毫米，增加选中的概率，但今天的澡还是要洗的。

热水出来后，面包心情好了一些，她终于在这个夜晚，获得了一次大哭的机会，在浴室里伴着水声，几乎像一次酣畅的有氧运动,她不知道自己有没有流泪,花洒里的水混淆了一切。

本子上多了一件事,又被划掉了一件事。

床需要换一换了,面包想。

本子不用再记了,因为,大多事情其实可以自己办的,除了被爱,自己再怎么爱自己,也不是被爱。

SHI BA
十八

不要因为别人对你好就跟别人谈恋爱，你要因为喜欢对方而跟他谈恋爱。

十八离开父母，要去上大学了。

从某种意义上来说，大学是长大的具体象征。十八在收拾行李的时候，逐渐确认这件事。她对未来管理自己和自己的钱，自己的时间心向往之，可惜，父母执意要去送她，不然，自己去往火车站，拿着身份证和车票，独自进站，留给目光殷切的父母一个背影，应该是蛮酷的。

一九九五后，还把酷当成很重要的人生指标。

十八的叔叔跟她说，别人看着酷不重要，自我认知比较重要。

叔叔还说，你可以谈恋爱，但一定要记得，不要因为别人对你好就跟别人谈恋爱，你要因为喜欢对方而跟他谈恋爱。

叔叔可以平衡父母对她的强制行为。比如，高二那年，父母为她的成绩忧愁。也是叔叔，告诉她，学习是一生的事情，如果只是学习成绩差，不用因此感到羞耻。但如果你的学习能力很差，那可不行。未来上班没有考试，刀光剑影不见分数，没有成绩单，但依然需要学习能力。

十八默默地记在了心里，自此开始日有寸进，脑袋似乎随之开了窍，到模拟考试，成绩已经有了大幅度提升。

十八她妈觉得女儿也就这样了，最好不远离老家，说给你找个门路，报考医科得了。叔叔听说了，打过电话来阻止，说无论如何得让孩子考一下试试。以及，叔叔严谨地说，我当然认为救死扶伤很伟大啦，但长期在那个环境里，一个女孩子，若真不爱医科，还是苦了些。

十八为这个理解热泪盈眶，直到终于考上了，父母很开心，也只是开心罢了。但只有叔叔问她，你算不算为数不多的实现了自己梦想的孩子啊。十八默默点头，说是。

叔叔说，记住这种梦想成真的感觉，形成习惯。

来送十八的，除了父母，还有叔叔。行李已经提前寄送过来，放在学生处的空教室里，编着号，找不到推车，只好手拎肩扛，九月的大学校园，空气黏腻湿热，没有一棵树，蝉的叫声却很巨大，不知道它们藏在哪里。下午一点了，四个人的影子短小，叔叔说，哇，看起来像取经的师徒四人啊。

225

铺了床，四个人出来吃饭，叔叔靠后一点，跟十八说，这么大的学校，可以好好享受你的长大时间了。三件事：一，不许发胖；二，多用图书馆；三，要慢一点谈恋爱。

叔叔眼里有不舍得，那种不舍得，后来十八才懂，是那种明知没有办法阻止，像太阳总要升起，但朝霞又很美丽的那种不舍。

叔叔说，有些树，是先开花后长叶子；有些树，是先长叶子，再开花，不一样，没有对错，就是一种选择，但必须得自己是棵树才行，鲜花会枯萎，还得依赖别人换水。

叔叔讲过太多大道理了，有的说得浅显，有的说得深奥，有的又浅显又深奥，十八未必听得懂，一知半解。

十八忘了当时跟父母、叔叔怎么吃的饭，怎么告的别。大学新生活是从当天下午开始的，一切都太新鲜了，校园大得不像话，后来再和男朋友在校园里走时，十八就老说，怎么现在觉得，学校越来越小了。

是的。九月入校，十月，十八谈了第一场恋爱。

起因毫不新颖，军训的时候，大家坐在一起拉歌，地面仍存留着白天的热力，十八尾骨硌得生疼，来回扭动，旁边的男孩，递过来一个东西，说，你坐这上头。

是他的一只鞋。

十八说，那你怎么办？

男孩露出大白牙，说，你看，我把脚藏大腿下边，教官根本看不见。

十八笑了，说不坐，鞋臭。

男孩低声："我不臭，我真不臭。"

到第一次拥抱，十八觉得，他果然是不臭的。

但叔叔说，恋爱的时候，都不觉得对方臭。十八啊，你知道吗？有一天你要是嫌你的男朋友脏，你就是不爱他了。

十八在食堂里吃饭，看着小情侣深情互喂共用一个勺子，丝毫感受不到爱情，有一种入喉的恶心，她跟那时还不是男友的男孩说，哎呀，谁没看过滥情的电视剧啊，为什么非要在学校里演？

男孩说，其实，挺好的不是吗？

男孩眉毛很浓，眼睛很黑，但综合起来，不能算帅。十八说，你怎么又坐在我这儿了？

男孩嘿嘿一笑说，凑巧了。

十八心里念叨着叔叔说的话，不要因为一个人对你好，就跟他谈恋爱，要因为喜欢他，才跟他谈恋爱。

但叔叔后来说，他隐藏了后半句。

后半句是，不管你多喜欢一个人，他对你不好，你也不能跟他谈恋爱啊。

十八说，你早怎么没有告诉我。

叔叔沉默了下，说，你总得经历一段你特别喜欢一个人的过程吧。

十八不知道自己是不是喜欢这个男孩，但确实能感受到这个男孩的好。出食堂的时候崴了一脚，被他扶住了，十八假装坚强，叫都没有叫一声，坐在那里，眼泪汪汪的。

男孩说："我背你。"

十八说："不用。我休息下就好了。"

男孩说："去医务室再休息。"

不由分说。

十八趴在他背上，显得人高马大。十八身高已经到了一米七二，她妈经常看着她发愁，你这样的怎么办？十八说，跪着？她妈立刻不说话了。

叔叔倒是很自信，说这样好，从身高上，先筛掉一部分坏分子。

这个男孩是不是坏分子呢？不知道，反正从身高上，肯定要被筛掉了，他也就一米七五，剃了圆寸，显得又矮又土，上下身比例更是令人难以启齿，典型五五身。十八看着他的耳朵想，唉，这要让叔叔看到，会说，基因一般。

但他耳朵挺好看的。

此时难得有了一丝凉爽的风，十八闻到了男孩身上的肥皂味儿。

男孩突然就问她："我是不是不臭？"

十八说："啊？"

怎么这个男孩，总能猜到我在想什么？

医务室里，十八的长腿被女医生大为赞叹，对伤情倒是毫不关心，只说，哎，这腿，真漂亮，年轻真好。

医生给开了瓶红花油，递给了男孩说，给她揉一揉吧。

十八说，不用，我自己来。

医生说，也对，这么好看的腿。说完狂笑。倒让十八不好意思了。

男孩说，那我去洗洗手。

男孩回来的时候，十八已经跳下床，带着红花油，一瘸一拐地回宿舍了。

医生笑，说你回来晚了，小姑娘害羞着呢。

看着男孩又说："你洗手就洗手，洗什么脸啊？"

这是后来十八才知道的事。

十八一瘸一拐的，走不了太快，听着脚步声，就知道自己快被抓住了。

男孩子追上来气喘吁吁，月亮挺大的，照得校园里格外亮，十八的手被男孩拉住了，男孩有点紧张，说我扶你吧。

十八说不用不用。手松开了，又有点后悔，心跳变得剧烈，牵引到自己受伤的脚，一跳一跳地疼，像在提醒什么。

十八说，你回去吧。

男孩说，我送你到宿舍门口。

男孩亦步亦趋地跟着，呼吸声清晰可辨。十八走得汗流下来了，觉得自己需要好好洗个澡。

叔叔会怎么说呢？求助也有点来不及了。

叔叔说过什么，每个人都应该了解自己，不能乱拒绝别人？不对。原话不是这样的。

到宿舍前边的台阶上，十八终于走不动了，坐下。

打开红花油的瓶子，倒在手心里，热力立刻传输到四肢百骸，味道分外冲，顶鼻子。

搓一搓，再捂住脚踝，来回揉。

男孩也坐下，说，感觉你很熟练的样子。

十八知道他没话找话，也知道他确实非常紧张。他坐在她旁边一米的地方，脚在局促地打着拍子，声音都有点发颤。

十八说，你回去吧。

男孩说，我看会儿月亮。

十八说，那你别看我的脚，看月亮。

男孩把头转过去，说，好。

十八笑了，笑是喜欢的开始。

场景是很美的，但初恋是红花油味儿的。

成年人的恋爱太理智了，大学生的恋爱又过于形式主义，十八跟男孩说，所以我希望我们别那么幼稚，先试着喜欢，再说爱吧。

这是叔叔之前跟她说过的。她偷偷记在了小本子上，真是好用。

十八觉得这样很酷，但她迅速被敏锐的妈妈发现了异常。像所有刚刚恋爱的女孩子一样，蛛丝马迹遗漏出来的气息，像旅途大巴里被一把掰开的脆甜的黄瓜。

和男孩接吻之后的第七天，妈妈给她打来了一个电话。

妈妈说，怎么这么快就谈恋爱了？

十八呼吸变得急促，身边，快餐厅里，男孩嘴巴里三明治里的酸黄瓜发出巨大的声响，她捏住男孩的下巴示意他停止咀嚼。

妈妈说，不是不让你谈，但你也谈得太快了。

十八坦诚完一切挂了电话，再也没有心情跟眼前的三明治作战，（明明刚才还表示自己可以吃下两个，胃口真是玄妙。）男孩紧张地说，没事儿吧？为了把这句话说清楚，他囫囵咽下了还没来得及咀嚼的那口三明治，食物把喉结向前顶起，如果不是他才十八岁应该会被这口东西噎死。

十八还没有回过神来，自己翻自己的朋友圈说我什么也没有发啊。

十八制止了男孩接下来的追问，仔细寻找自己哪里有不慎重。

叔叔的微信来了：听说被诈出来了？确实谈得有点快哦。

十八悔恨交加，愤怒地跟妈妈发微信：你诈我！！！

妈妈发来一个捂嘴笑的表情：哈哈哈，我是昨天做梦梦见的。

十八没有力气再消化眼前的三明治，全身脱力般瘫坐在快餐厅的硬板凳上，她的腿已经好了，夏日的暑气还没有消散，男孩在她面前，依然保持着刚才的姿势，似乎怕弄出声响惊动了千里之外却神一般存在的母亲。

他不知道还有另一个神的存在，叔叔说，注意安全。

走出餐厅的时候，十八报复性地站定了。说，吻我一下。

初吻有点失败，男孩紧张得嘴唇哆嗦，两人牙齿碰得彼此很疼，并且，嗯，是酸黄瓜味儿的。

叔叔说，为什么要找个自己喜欢的人，因为人和人之间的关系，会因为熟悉而变得怠惰，持续下去，需要很强的能量，那个能量，叫作喜欢。

男孩对十八的喜欢，正在被他一点点具体化，这让十八觉得，可以暂时对抗妈妈对她的叮嘱，那些耸人听闻的"为了得到你什么都对你付出"——关于男孩子的心理活动。

十八后来有数次跟妈妈的沟通，她放弃了隐藏这件事，微信头像变了又变，最终定格成了男孩子打篮球进球的瞬间。

妈妈对她的这些改变置若罔闻，倒是叔叔，发来贺电说：身材比例，一般。

十八对着屏幕吃吃地笑，又拿给男孩看，说，五五身。

男孩盯了一会儿说，明明四六！

十八说，是鞋帮忙了。

十八省吃俭用，给男孩买了一双新的篮球鞋，生日礼物，生日那天，他们聚餐，大家喝得满脸通红。

男孩说许愿是女生干的事儿，在蛋糕蜡烛吹灭之前，将十八紧紧吻住，他变得技巧好了一些，即便当着众人。十八岁的群体里，一切这样的事情都值得尖叫，大家都像干燥的火柴盒子，一点火星就能蹿起火苗。

到酒店的时候，已经差不多两点了。

男孩浑身酒气，洗完澡之后，眼神变得深情，即便隔着衣衫，十八也能听见他心跳的声音。

他呼吸变得粗重，压住十八，似乎要把她生吞活剥掉，他的爱在具体化，变成一种迫切，一种征服感，一种立刻要将她据为己有的占有欲。

十八在某一刻有交付自己的冲动，但一切都要发生了吗？她在两个结果面前来回穿梭，一会儿她觉得自己非常确定，一会儿又推开对方，推开之余再拉住他的手。

妈妈会说，太早了。

叔叔会说，你享受你自己的爱和身体，但要在你确定的情况下。

十八听到两个声音，唯独没有听到自己的声音。

这一夜过得极快，天色迅速亮了起来，马上要击穿酒店劣质的窗帘布。

十八和男孩匆匆回到学校，大门口的保安正在大声咳嗽，两人松开彼此的手，向两个宿舍楼的方向分开。

十八觉得要失去他了，因为他没有回头看自己，也没有叫住她。这种尴尬在刚才前台结账的时候已经发生了，事实上，在她拒绝了他之后，他就再也没有和她对视过，他似乎刚刚尝到了人生的第一个重创，第一个赛场失利，第一个胸有成竹却掉出篮筐之外的三分球。

而十八，觉得自己毁掉了男朋友的生日，并因此，为自己日常收获的爱和呵护感到不好意思，像被宠爱但不知回报的家伙，回宿舍的路上，脚步变得特别重，几次，十八都想跟给男孩发个信息说声对不起。

但叔叔一定会说，你为什么要这样做？你凭什么觉得自己对不起他？

这段爱情，很快走到了尽头，十八到寒假的时候，把头发剪短了，叔叔看到了她，问她还在谈恋爱吗？她没有回答。

叔叔说，嗯，不谈也没什么，真喜欢的人，还是会等你。

叔叔掏出香烟点了一根儿,问她:"你抽不抽?"

十八慌忙摇头。

妈妈跳出来骂叔叔:"你能不能教点儿好?"

叔叔说,唉,总要长大啊。

LIAN HUA
莲花

爱，让人没有恐惧，不怕苦。

莲花是八〇年的，差一点满四十。

四十岁，含义已在别人的迟疑里暧昧难辨，这还是在更时髦前卫的行业里。在更大多数的人心里，四十岁代表着逐渐衰老以及可以被窥见人生底色，说什么四十不惑，是别人对你不再有惑，你都四十岁了——四十岁，是你的人生的大半结果。

莲花偏偏不屑，翻个白眼说，什么结果？看得出我四十岁吗？我头发那么多。

时间是无情的，想想，当年八〇后还被媒体津津乐道，现在，八〇后已经随着媒体一起老了。

四十岁，是懂得进退知道廉耻，是喝再多也得明天几点起床，是不得不收敛——莲花酒醉的时候提醒自己保持体面，平躺下晕晕的，用右手把左手脉，再起身把内衣穿全了，回来，睡意就被整没了。

偶尔来住一下的闺密问，穿什么睡衣啊？

莲花说，培养习惯，万一死床上呢……喝多了，得穿最贵的。

莲花离婚五年了，恋爱新谈了一个，但绝口不敢跟闺密提。莲花蒙在被子里给小白发微信说晚安，钻出来脸上还是一副什么都没有发生的样子。

闺密打鼾，要不是今天喝得委实太多，断断不该让她在这里住。

她鼾声起来，莲花放松了些，大力地吐气，拿出手机来翻看小白的朋友圈，然后笑了一下。

小白和莲花，唉，怎么说呢——有点不好意思。

姐弟恋，跨度有点大，对方九四的，莲花说出来也苦笑。用小白妈的话说，姐弟恋大七岁是极限了，可莲花大人家一轮拐弯，十四岁。

小白曾试着跟自己妈沟通，说，万一我喜欢个比我大的怎么办？

小白妈，坚定，从容，人生不容有失，抹布和老公都有固定位置，连阿姨都知道，这个椅子，是绝对不许别人坐的。

小白妈坚决不会同意，当时就把手捂在了心口上。小白妈惯常用心口疼克敌制胜，小白在心口疼里逐渐长大。

小白妈肯定会说，大十四岁？这什么概念呢，你都读初三啦，人家孩子才呱呱坠地，人家过周岁生日，你妈已经为你考不考得上好高中发愁了，这么一想，你有没有点乱伦的精神负担？

这是小白妈的刻薄，但其实也准确。她人生似乎为了获得准确而来，一切不准确的，都是怪力乱神的增生之物，必须连根拔除。

莲花说感情是什么？就是一股寸劲儿，你可以怪太阳怪风雨怪雷电怪云怪光合作用怪大气层，唯独怪不了两个恰好互相喜欢的人，这么想就变得理直气壮了，可偶尔两人偷着出去玩，坐动车，身份证和车票交叠，还是觉得略有负担。

以为自己不谈恋爱了呢，谁知道，又来了。

上一段分得挺难看的，对方是个ABC，高大帅气（曾经），后来看着看着也就那样了。但莲花也被改变了，从生活习惯到思维模式。包括但不限于——ABC不喜欢送礼物，莲花就按住不表了；没有被送过花；不知道在生日蛋糕前欢呼是什么滋味；两个人聊天地星辰人之初，精神上和谐统一，身体上也彼此认同，唯独在爱情模式上，莲花总觉得缺点什么，缺点什么呢？缺点该有的浪漫吧。

朋友说吓，就是你爱上了自由自私的灵魂。

莲花笑，说，那怎么办，都结婚了，还能离咋地？

莲花以为这辈子就这么过去了，直到有天接到了母亲的电话，声音急切，说，你回来，你爸身体出了点问题。

莲花知道，这种电话一般凶多吉少，ABC还在床上酣睡，莲花把粥盛出来，给他留了言，说，我得回趟老家，你自己吃早饭。

莲花快到家时，ABC才来了短信，问发生了什么。

莲花再回的时候，人已经在ICU外住了一夜，蓬头垢面。父亲尚未脱离危险，莲花撑住母亲的肩，心乱如麻，顾不上一切，想着，万一真有什么问题，自己该怎么面对，只能哭一会儿啊，莲花这么想，自己哭完了，就得照顾好妈，把该办的事情顶门立户地办起来。

ABC没有再追问，事后她问他，你为什么不想过来看看我？ABC说，我回来也没有用啊。

莲花想想也是，坐在ICU外，她也觉得自己没用。父亲命大，转危为安靠的是他的命。

莲花从回家到父亲情况平稳之前没吃过一口东西，听到父亲苏醒过来，人可以转到普通病房，自己连滚带爬地去了食堂，吃了两个饼一盘子土豆丝之后，莲花坐在食堂的地上充着手机的电，跟ABC说没事儿了，脱离危险了。

ABC半天没有回，莲花又发一条说：你放心吧。

莲花后来想，这话回的，就跟对方多担心似的。

五天后，父亲能喝粥了，喝碗粥有力气说话了，拉着莲花的手，莲花第一次见到他的胆怯，人像被抽走了精神，空了。父亲劝她赶紧回去别耽误工作。莲花说回去安排下工作再回来，坐上了当天的动车。

动车上莲花发信息给 ABC，对方竟然对她这么快回来颇为意外。莲花为这个意外生气，感觉到对方并不为此开心，原话是：怎么这么快就回来了？

莲花此时精疲力竭，懒得吵架，若没有感情，能换回父母身体康健，莲花眼皮不抬立刻就换，这是这一行带给她的人生新体会：人间最好的词汇，原来不是两情相悦，而是转危为安。

莲花没有被接站，ABC 讨厌接站送机，他觉得，这毫无必要，莲花被改造了，现在也觉得这些毫无必要，何况自己穿着回去时候的衣服，散发着馊臭之气。莲花想，算了，反正也不想拥抱。

家里寂静无声，莲花松了一口气，ABC 不在家，莲花临走时熬的粥，已经在碗里变成锅巴。北京真干燥。莲花想着，把碗泡在水槽里，把自己泡在浴缸里，大声哭了出来。

眼泪不断，就不停往下冲水，身体开始出现皱褶，模糊的洗手间镜中自己像个瘦小枯干的老太太，莲花裹紧了浴巾，想着要去查下自己的邮件。

电脑页面打开的时候，莲花定睛看了下，搜索框里的字，她看不懂是什么意思。

莲花去水槽那里洗碗，米变得很硬，戳在指甲里生疼，指甲已经变得斑驳，戒指一下子滑脱，落在水槽的孔洞里，不偏不倚。

莲花到沙发上呆坐，再度敲醒电脑，读懂了搜索框里的字的意思，逐字逐句的，触目惊心：怎么跟父亲病逝的女朋友说分手？

怎么说？还不就是靠嘴说。

ABC说分手的时候，没有什么表情，看起来他更对自己未曾认真清理搜索框深感遗憾。他那么坦诚，直白，没有什么犹豫，他说，发现我不再爱你了，我确实觉得不知所措，因为我竟然在你离开之后，感到前所未有的……轻松。

莲花原本认为善良是个必备条件，直到此时，才明确知道，平安无事时顺带的善良根本不值一提，以及，不爱你的人，更不会再爱你的家人，这是真理。

分手后莲花不再相信任何人，逻辑是：相信会带来期待，期待会带来失望，失望会带来伤害，她搬离和ABC的住处，头也不想回。

病床上的父亲说，可能我病这一场，就是为了让你和他分开。

莲花不吃不动，不怎么笑，偶尔看书，偶尔写字，陪着父亲逐渐康复，父亲说你想干点什么，我都支持你，但你别这样啊，我看着难过。

莲花不再相信爱情，但也没有抱怨，做冷眼旁观者挺好，学习独立乐观、自给自足，三十五岁以后的日子难挨，她突然明白，原来自己人生空着好大一门功课。

父亲盯紧她，怕她做傻事，看她不洗头不洗澡指甲盖被咬得斑驳，每天在桌上给她放杯水。她那天咕咚咕咚喝完水，说，放心吧，我想明白了。

开了咖啡店和花店，名字为"苦"，莲花用了自己所有的积蓄。

莲花卖芍药，卖风铃，卖绿植，唯独不卖玫瑰，卖拿铁卖美食卖意式浓缩，唯独不卖甜的东西。

玫瑰和甜，都太肤浅幼稚，莲花培训店里员工说，你不是服务员，你是个经营者，你可以跟顾客聊天，交换心事。我们这里，顾客不至上，员工不低人一等，你在这里，应该试着让自己快乐，再让别人快乐。

有人来买花，有人来喝咖啡，渐渐有了老客户，成了社区店里的人气店面。

莲花的朋友们慢慢回来了，有明星来店里，拍照转发，生意变得更好，媒体、自媒体蜂拥而至，莲花不再讲故事，问为什么不卖甜的和玫瑰，她只说，不喜欢。

这种"不喜欢",被解读成一种酷。

她说,你看,只有成功者,可以说不喜欢。

这世界真是很现实。

莲花看不出年纪,但被问及从不遮掩。她说,你看那些敢大口喝酒的,必然三十五岁往上了,酒是好朋友,可解一切谜题。但只是暂时。

苦店里,周五是狂欢之夜,提供酒,老顾客来这里听音乐,自荐歌单,临走带着大把的芍药、矢车菊、尤加利回去,莲花总是守到最后的人。

小白是那个时候出现的,眼睛黑亮,头发很乖。

莲花说你多大,不许喝酒。小白说我二十五了。

莲花说,看起来也就才十八,你怎么知道这里的?

小白说,我妈老来。

莲花说,帮忙搭把手,我喝得有点高,不大方便拉卷闸。

次日,莲花中午才到店里,发现咖啡区坐着肤白貌美猛一看看不出年纪和皱纹的,仔细一看还是能知道真实年龄的小白他妈。老顾客,事儿特少,经常跟莲花聊天,说自己爱芍药,喜欢这种丰腴的大花。

小白妈笑,说,年纪越大越喜欢大花。

莲花说,你买回去,水要少,两天一换,换水时滴一滴消毒液,保证根不烂。

此刻莲花再看她，多少有些不同，小白那么活生生的，拉开了她和小白妈的距离，像同学见了家长，又像家长聊天，谈及了彼此的孩子。

小白昨天来店里了。小白妈主动起了话头。这个孩子，刚从国外回来，跟我聚少离多，现在能跟我一起住，算是一种补偿。

小白妈幸福地捂住心口，心口可容纳苦甜美好悲伤。

莲花被这无灾心口的手，念了紧箍咒，小白不可接触，不可多说一句。

但故事就是这样的，小白爱这个店，喝冰美式，喜欢尤加利，每周来一次，一束摆在书房，另一束用来洗澡。

这些信息都从莲花店里的店长瑶瑶那里得知，瑶瑶看着小白，眼里泛着波光。

瑶瑶说，莲花姐，是不是可以跟顾客谈恋爱？

莲花说，你谈啊，别指望我帮忙。

瑶瑶从美国读书回来，到店里时花光了所有的钱，莲花说，你能做什么？瑶瑶说，我不做咖啡，审美一般，动手能力差，能跟人交流，咱们这个店，老外也不少，英文好，状态亲民又凶，适合当个店长。

瑶瑶动手能力确实一般，给小白包尤加利，胶带刀割伤了自己的手，血流满地。莲花也不惊慌，毛巾一包，直接送她去医院。小白急忙跟着上车。

莲花从后视镜里看过去，后排的他眼睛正盯着自己。

莲花躲开眼神，跟瑶瑶说，你这样的，以后别动刀了。

又说，小白，你帮她按着点。

小白用古怪的姿势，帮瑶瑶按住伤口上的毛巾。空气中有些许尴尬。

莲花用年龄作梗，讲大家的差别，说你们同岁，我大你们一轮都拐弯了，我十四岁的时候，你们刚刚出生……

小白没有笑，说：年龄是特别……武断的事情。

他中文反应略慢，但很坚定。瑶瑶说，是啊，小白一看就是喜欢姐姐。

小白眼光似火从倒车镜中看过去，说，对。

瑶瑶说，真的啊。

声音略显失落，随后嘎嘎怪笑。

医院里，瑶瑶的手被包扎完毕，冷静的莲花在这一刻松了一口气，然后看着血和纱布，差点晕过去。

小白的手，适当地扶住了她的腰。她立刻清醒过来，咳嗽两声。

回到店里，瑶瑶说，莲花姐，我失恋了。

莲花说，你们九〇后都这么来得快又去得快？

瑶瑶说，小白喜欢你啊，眼神根本藏不住。

莲花说，你别闹了，我比你们大十四岁，你们俩年龄相近，应该谈恋爱。

瑶瑶说，我们九〇后，绝不为了不喜欢自己的人浪费时间。

莲花说，我们七〇后，绝不会喜欢自己不能喜欢的人。

又逢周五了，莲花没有喝酒。

小白没有来，莲花在店里，站起坐下，最后一束尤加利被买走，时间到了十二点。

莲花心里有一丝失望，这个周五就这么过去了吗？莲花拿了瓶啤酒，背上包，到门口拉卷闸。

一只手先伸过去，把卷闸拉下来了。

是小白，额头上有汗珠，气喘吁吁地说，终于赶上了。

莲花说，赶上什么？

小白说：赶上见你。今天我生日，我妈非给我过生日，十二点，生日蜡烛，我……往前调了半个小时的表，吹了蜡烛，就跑出来了。

小白挠头。

莲花狂笑。

卷闸再度被小白拉起。说，让我开始全新的第一天吧。

小白是在这夜表的白。

莲花被他吻住，觉得慌乱不堪。

次日，小白染了个红头发。

莲花说，完蛋了，你可别说我鼓励过你。

然后在理发店里尖叫说，你妈约了我十二点，我必须现在赶回店里去。

小白回头看她说：现在时间还早啊。

莲花说：你忘了你昨天给她往前调了半个小时吗?！

路上，莲花想，人生真是翻山越岭啊，走到没有力气的时候，也要往下走啊。

爱，让人没有恐惧，不怕苦。

声明

本书故事为小说创作,
如有雷同,
纯属巧合。

图书在版编目（CIP）数据

亲爱的你 / 丁丁张著. — 北京：北京联合出版公司，2020.3

ISBN 978-7-5596-3770-3

Ⅰ.①亲… Ⅱ.①丁… Ⅲ.①散文集—中国—当代 Ⅳ.①I267

中国版本图书馆CIP数据核字(2019)第217265号

亲爱的你

作　者：丁丁张
责任编辑：宋延涛

北京联合出版公司出版
（北京市西城区德外大街83号楼9层　100088）
天津旭丰源印刷有限公司印刷　新华书店经销
字数：157千字　800mm×1230mm　1/32　印张：8.25
2020年3月第1版　2020年3月第1次印刷
ISBN 978-7-5596-3770-3
定价：48.00元

未经许可，不得以任何方式复制或抄袭本书部分或全部内容
版权所有，侵权必究
如发现图书质量问题，可联系调换。质量投诉电话：010-82069336